Stadtbücherei
Bad Oeynhausen

Da schlägt's dreizehn!

Per Nilsson

# Da schlägt's dreizehn!

Illustrationen von Markus Grolik

Deutsch von Birgitta Kicherer

**aa**re

Per Nilsson
Da schlägt's dreizehn!

Aus dem Schwedischen von Birgitta Kicherer
Umschlagbild und Innenillustrationen von Markus Grolik

Copyright © 1993 by Per Nilsson
(Titel der schwedischen Originalausgabe: *Klockan tretton*)
First published by Alfabeta Bokförlag AB, Stockholm

Copyright © 1997 Text, Illustrationen und Ausstattung der deutschsprachigen Ausgabe by aare Verlag (Sauerländer AG), Aarau, Frankfurt am Main, Salzburg

Printed in Germany

ISBN 3-7260-0469-6
Bestellnummer 02 00469

Alle Rechte vorbehalten. Das Werk und seine Teile sind urheberrechtlich geschützt. Jede Verwertung in anderen als den gesetzlich zugelassenen Fällen bedarf deshalb der vorherigen schriftlichen Einwilligung des Verlages.

Die Deutsche Bibliothek – CIP-Einheitsaufnahme
Nilsson, Per: Da schlägt's dreizehn! /
Per Nilsson. Ill. von Markus Grolik. Dt. von Birgitta Kicherer. –
Aarau; Frankfurt am Main; Salzburg: Aare, 1997
Einheitssacht.: Klockan tretton <dt.>
ISBN 3-7260-0469-6
NE: Grolik, Markus [Ill.]

Ich stehe jeden Tag um sieben Uhr auf, nur samstags und sonntags nicht.
Um Viertel vor acht mache ich mich auf den Weg zur Schule, außer in den Ferien natürlich. Um Viertel nach acht läutet die Schulglocke. Zwanzig nach zwei ist die Schule aus, nur donnerstags nicht, da hören wir nämlich schon um zwei Uhr auf.
Um halb fünf holt Papa mich vom Freizeitheim ab, nur freitags nicht, weil mich dann Mama abholt.
Um Viertel nach sechs fängt die Kindersendung im Fernsehen an.
Abends um halb neun gehe ich ins Bett. Außer dienstags, dann darf ich nämlich eine Fernsehserie angucken, die erst um neun aus ist. Um zwölf Uhr nachts schlafe ich, was das Zeug hält. Und zwar immer.
Außer an Silvester natürlich.

Man muss wirklich unheimlich viele verschiedene Zeiten im Kopf behalten.
Im Frühling war es noch viel schlimmer, da musste ich mir auch noch die Gymnastik, den Bastelklub und drei Fernsehserien merken. Inzwischen habe ich das alles aufgesteckt, nur meine Dienstagsserie nicht.
Trotzdem gibt es noch genügend verschiedene Zeiten, die man beachten muss.
Und ich kann die Uhr sehr gut.
Nur habe ich keine.
»Wenn du die Uhr kannst, schenke ich dir eine schöne

eigene Uhr«, hat meine Oma vor fast einem Jahr gesagt. Und dabei konnte ich schon damals die Uhr, wenigstens beinah.
Inzwischen kann ich sie aber total, ganz und gar!
Wenn auf dem leuchtenden Digitalradiowecker im Schlafzimmer 22:47 steht, muss ich zwar noch kurz überlegen. Aber nur ganz kurz. Dann hab ich's kapiert!
Übrigens schlafe ich schon längst, wenn auf dem Radiowecker 22:47 steht.
Aber sonst habe ich ehrlich keine Probleme mehr mit der Uhr.
Und das weiß Oma auch. Also kann ich an meinem Geburtstag garantiert mit einem Paket rechnen, in dem eine Uhr liegt. Mein Geburtstag ist am Sonntag. Bis dahin ist es nur noch eine Woche. Bis dahin muss ich noch ohne Uhr auskommen.

Das habe ich mir so gedacht. Das habe ich tatsächlich geglaubt. Aber so kam es nicht.
Denn als ich an diesem Abend durch die Haustür ins Treppenhaus trat, stand er da.
Ich war draußen gewesen und hatte mit Sara geschaukelt. Mama hatte mich zum Abendessen gerufen, und als ich die Haustür aufmachte und ins Treppenhaus trat, stand er einfach da.
»Psst!«, machte er.
Im Treppenhaus war es schummrig, aber ich konnte kein Licht machen, weil er am Lichtschalter lehnte.

»Was ist?«, fragte ich.
»Ich habe ein Geschenk für dich«, sagte er.
Natürlich weiß ich, dass man als kleines Mädchen keine Geschenke von fremden Männern annehmen darf.
Aber dieser Mann sah irgendwie gar nicht so aus wie einer von diesen fremden Männern.
Nachdem meine Augen sich an das schummrige Licht im Treppenhaus gewöhnt hatten, sah ich, dass er eher wie ein Zauberer aussah. Er war in einen schwarzen Umhang gehüllt, unter dem zwei glänzende schwarze Schuhspit-

zen hervorschauten. Er hatte ein schmales, längliches Gesicht, pechschwarze, glatt gekämmte Haare und buschige schwarze Augenbrauen. Oben auf seiner Stirn waren zwei komische kleine Hubbel, die fast wie kleine Hörner aussahen. Oder wie zwei Beulen.
Er lächelte mich mit breitem Lächeln an und dabei funkelte es in seinem Mund wie von Gold.
Nein, das war keiner von den fremden Männern, vor denen man sich in Acht nehmen musste. Aber ein bisschen misstrauisch war ich trotzdem.
»Ein Geschenk?«, fragte ich. »Was denn für eins? Und warum?«
»Das hier!« Wieder lächelte er sein Goldlächeln. »Weil du es dir gewünscht hast.«
Und schwups! hielt er eine Uhr in der Hand. Eine Armbanduhr, eine richtige Mädchenuhr. Er hielt sie am Armband und reichte sie mir.
»Bitte sehr!«
Zögernd nahm ich die Uhr.
»Da... anke«, sagte ich und sah sie an.
Und war ziemlich enttäuscht. Die Uhr war nämlich offensichtlich schon alt und gebraucht. Sehr gebraucht sogar. Das Glas war zerschrammt und hatte seitlich einen Sprung. Und das Armband war schon ausgefranst und ziemlich hässlich. Außerdem stimmte irgendwas nicht mit der Uhr. Sie sah irgendwie nicht aus wie eine normale Uhr. Aber ich kam einfach nicht dahinter, woran das lag. Wenigstens nicht sofort.

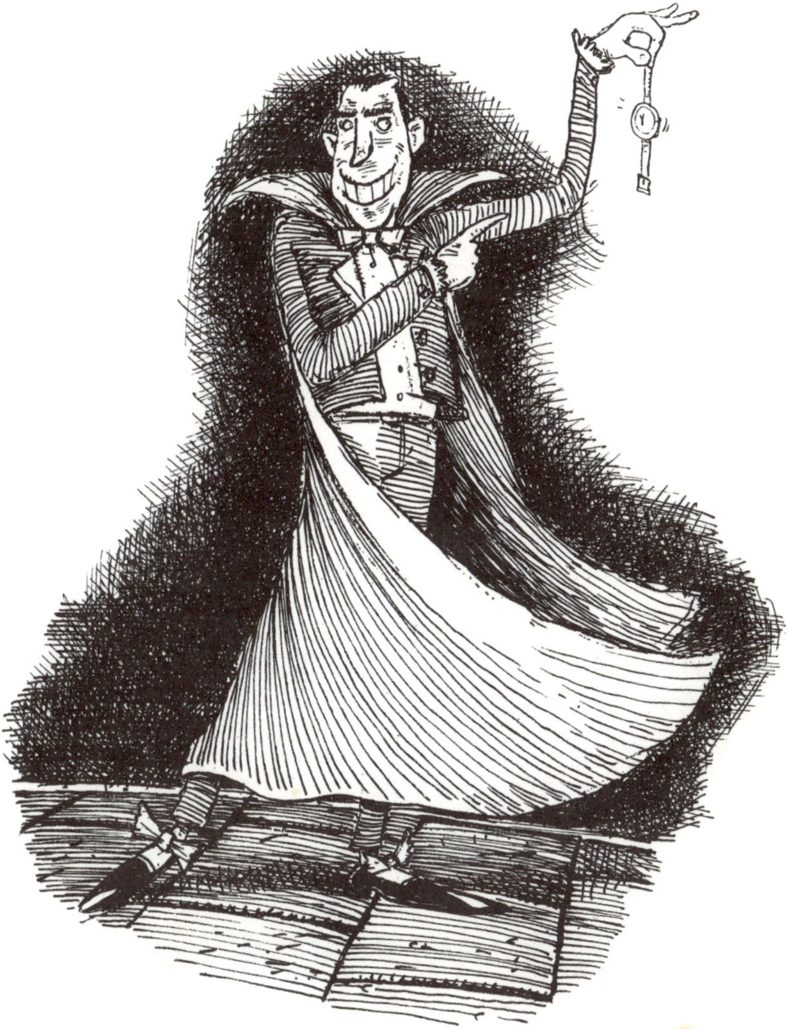

»Gefällt sie dir nicht?«, fragte der Mann und lächelte noch breiter als zuvor.

»Doch, doch«, antwortete ich rasch. »Sie ist ... schön. Aber geht sie überhaupt?«

»Ohohoo!« Er lachte. »Und ob die geht! Die ist schon immer gegangen. Und sie wird immer gehen.«

»Aber ...«, sagte ich. »Irgendwas an ihr ist komisch. Sind das nicht ziemlich viele Zahlen? Soll die wirklich so aussehen?«

Jetzt lächelte er so breit, dass seine Goldzähne das ganze Treppenhaus erhellten.

»Natürlich muss sie so aussehen! So hat sie schon immer ausgesehen. Und so wird sie immer aussehen. Du kannst dich auf mich verlassen ...«

Er verstummte und lachte kurz, als wäre ihm ein Witz eingefallen.

»Nein«, sagte er dann, »verlass dich lieber nicht auf mich. An deiner Stelle würde ich das nicht tun. Aber verlass dich dafür auf dich selbst. Und verlass dich auf deine Uhr.

So, und jetzt zeig mir, dass du die Uhr auch schön anziehst, mein kleines Fräulein.«
Ich legte die Uhr an, am linken Arm, wie es sich gehört.
Der Zauberer musterte mich mit schief gelegtem Kopf.
»Ja, die Uhr steht dir gut«, sagte er dann und nickte zufrieden.
»Also ... also krieg ich sie wirklich?«, fragte ich. »Einfach so?«
»Du kriegst sie einfach so.« Er nickte. »Bis auf weiteres.«
»Recht vielen Dank«, sagte ich und deutete einen Knicks an.
»Ist schon gut«, sagte der Zauberer mit dem goldenen Lächeln.
Und dann verschwand er.
Es machte einfach poff! und damit war er verschwunden. Bestimmt war er zur Tür hinausgeschlüpft, als ich gerade blinzelte.
Da stand ich nun mit einer Uhr am Arm.
Die kann ich ja bis zu meinem Geburtstag tragen, dachte ich. Dann schenkt Oma mir eine schöne neue Uhr. Das hat sie versprochen. Und diese Uhr ist besser als gar keine.
Irgendwas Komisches hatte sie zwar an sich, aber es war immerhin meine erste ganz eigene Uhr.

»Wie spät ist es?«, fragte ich Mama, als ich in die Wohnung kam.
Mama seufzte und schaute auf ihre Uhr.

»Zehn vor sechs«, antwortete sie. »Ich wäre wirklich froh, wenn du endlich eine eigene Uhr hättest. Du fragst ja mindestens siebenundzwanzigmal am Tag, wie spät es ist.«
Stimmt gar nicht, dachte ich. Ich frage höchstens zwanzigmal. Und du weißt genau, dass Oma mir am Sonntag eine Uhr schenken wird.
Dann lief ich in mein Zimmer und guckte auf die Uhr, die mir der geheimnisvolle Mann im Treppenhaus geschenkt hatte. Zehn vor sechs. Sie ging richtig. Gut.
Aber Mama wollte ich die Uhr nicht zeigen, dazu war sie einfach zu hässlich. Und ich wollte auch nicht erzählen,

wie ich zu der Uhr gekommen war, denn dann würde Mama nur misstrauisch werden und mich ausfragen wollen.
Nein, diese Uhr würde ich keinem Menschen zeigen.

Papa hatte den ganzen Nachmittag und den ganzen Abend versucht, im Schlafzimmer ein Bett von IKEA zusammenzuschrauben, nachdem er am Vormittag zwei große flache Pappkartons angeschleppt hatte.
»Das kann doch nie im Leben ein Bett werden«, sagte ich.
»Hm«, machte Papa und murmelte dann etwas davon, dass das für einen praktischen Mann ein Kinderspiel sei. Für einen praktischen Mann schon …
Nachdem er das Bett zum ersten Mal zusammengeschraubt hatte, sah es aus wie ein neuartiges Spielgerät für abenteuerlustige Kinder.
»Das ist doch kein Bett«, sagte ich. »Das ist doch eine Rutschbahn.«
»Hm«, machte Papa und kratzte sich im Nacken. Dann schraubte er die Bettrutschbahn auseinander und fing wieder von vorne an.
Und als ich später in meinem eigenen Bett lag und einzuschlafen versuchte, konnte ich ihn immer noch nebenan im Schlafzimmer schrauben, fluchen und seufzen hören.
»Haben wir für heute Nacht überhaupt ein Bett, in dem wir schlafen können?«, hörte ich Mama fragen.
»Das hier ist in null Komma nix fertig!«, antwortete Papa.

»Jetzt ist es schon neun«, bemerkte Mama. »Bald ist Schlafenszeit.«
»Ja, ja«, hörte ich Papa seufzen.
Ich guckte auf meine Uhr.
Punkt neun.
Eine gute Uhr. Zuverlässig. Aber hässlich.

# MONTAG

Dann fing eine neue Schulwoche an und Mama weckte mich wie üblich.
»Raus aus den Federn, mein Schatz! Ich muss jetzt los. Papa ist schon fort. Bussi!«
»Bussi, Bussi«, gähnte ich, dann fiel die Wohnungstür hinter Mama zu.
Erst als ich auf der Bettkante saß, fiel mir die Uhr wieder ein.
Meine neue alte Uhr.
Ich hatte sie unterm Kopfkissen versteckt, jetzt holte ich sie hervor und entdeckte – dass es erst sechs Uhr war!
Komisch. War sie etwa stehen geblieben? Aber nein, als ich sie ans Ohr hielt, tickte sie fleißig. Aber warum hatte Mama mich denn so früh geweckt?

Wahrscheinlich musste sie heute einfach früher anfangen oder irgend so was. Wunderbar, da konnte ich noch eine ganze Stunde im Bett bleiben, faulenzen, Comics lesen und mir schön Zeit lassen. Toll.

Also blieb ich im Bett und machte es mir gemütlich. Dann ging ich zum Frühstücken in die Küche.
Aber was war denn das? Auf der Küchenuhr war es schon acht. Du liebe Zeit!
Schnell lief ich ins Schlafzimmer meiner Eltern und schaute auf den Radiowecker. Die grünen Ziffern leuchteten: 08:02.
Oje.
Aber auf meiner Uhr war es erst kurz nach sieben.
Was sollte ich jetzt glauben? Was sollte ich tun?
Verlass dich auf deine Uhr, hatte der Mann mit dem goldenen Lächeln gesagt. Und verlass dich auf dich selbst.
Ich überlegte kurz und beschloss dann genau das zu tun. Das heißt, dass ich mich auf meine eigene Uhr verlassen wollte.
Also setzte ich mich hin um in aller Ruhe zu frühstücken. Ich fand es viel netter und erholsamer, mich auf mich selbst zu verlassen, als gleich zur Schule loszuhetzen.
Ich hatte sogar noch genügend Zeit um die Küche aufzuräumen und die Krümel vom Küchentisch zu wischen, bevor ich meinen Rucksack holte und mich auf den Weg zur Schule machte.

So munter wie heute hatte ich mich schon lange nicht mehr gefühlt.

Der Schulhof lag ungewöhnlich leer und verlassen da. Nur ein paar Erstklässler alberten vor der Eingangstür herum. War ich spät dran? Aber nein, meine Uhr zeigte erst fünf nach acht.
Ich hatte sie in die Außentasche des Rucksacks gesteckt und soeben ausgepackt.
Der Schulflur war auch leer.
Komisch. Hatte ich einen Ausflug oder was Ähnliches verpasst?

Sicherheitshalber warf ich trotzdem einen Blick ins Klassenzimmer.
»Guten Morgen, Hanna!«
Vorne an der Tafel stand Frau Lindmann und alle Kinder saßen in ihren Bänken.
»Habt ihr schon angefangen?«, fragte ich und trat ein.
»Du bist wirklich zu komisch, Hanna!« Frau Lindmann lachte. »Dir kann man einfach nicht böse sein. So, komm jetzt herein und setz dich an deinen Platz. Wir nehmen gerade die Steinzeit durch.«
Ja, warum hätte sie mir denn böse sein sollen? Ich hatte mich doch bloß auf meine Uhr verlassen.
Übrigens kann Frau Lindmann gar nicht böse werden. Meine Lehrerin ist nämlich ein Engel. Ein Himmelsengel auf Erden. Nur ohne Flügel.
»Warum kommst du so spät?«, flüsterte Sara, als ich in meiner Bank saß.
»Psst«, machte ich bloß.
Habe ich schon erwähnt, dass ich Hanna heiße?

An diesem Montag gab es eine Stunde früher als sonst Mittagessen in der Schule. Und Papa holte mich schon um halb drei vom Freizeitheim ab.
»Warum kommst du so früh?«, fragte ich.
»Hm«, machte er.
Mein Papa antwortet fast nie, wenn ich ihn etwas frage. Wahrscheinlich hört er schlecht.
Aber dafür riecht er gut.

Im Fernsehprogramm hatte es auch Änderungen gegeben. Als ich um Viertel nach sechs den Fernseher einschaltete, kam keine Kindersendung. Stattdessen saßen da zwei dicke Männer und unterhielten sich über irgendeinen Markt.
»Der Markt irrt sich nie«, behauptete der eine.
»Der Markt übernimmt keine Verantwortung«, behauptete der andere.
Stinklangweilig, fand ich und machte aus.
Sollte das etwa eine Kindersendung sein?
Womöglich hatte das etwas mit diesen komischen Einsparungen zu tun, von denen immer die Rede war.
Und was war mit all den vielen unschuldigen kleinen Kindern, die sich auf die Sendung gefreut hatten? War so was überhaupt erlaubt?

An diesem Abend war ich ungewöhnlich müde. Draußen war es auch ungewöhnlich dunkel.
Obwohl ich mit aller Kraft dagegen ankämpfte, schaffte ich es nicht, länger als bis acht Uhr aufzubleiben.
»Wieso bist du noch nicht im Bett?«, fragte Papa, als er zufällig von seiner Zeitung aufsah und mich erblickte.
Was sollte das heißen? Heute ging ich doch sogar eine halbe Stunde früher als sonst ins Bett!
Meine neue Uhr steckte ich wieder unters Kopfkissen. Ich hatte mich einen ganzen Tag lang auf sie verlassen und das hatte gut geklappt.
Wenigstens einigermaßen ...

# DIENSTAG

»Raus aus den Federn, mein Schatz! Ich muss jetzt los. Bussi!«
Bussi, Bussi, Mama.
Ich war schläfriger als sonst. Vielleicht konnte ich doch noch ein bisschen im Bett bleiben? Ich kramte meine Uhr hervor und guckte sie aus müden Morgen-Schlitzaugen an. Was?!
Es war erst vier! Vier Uhr morgens! Warum ging Mama so früh zur Arbeit? Und warum hatte sie mir nichts davon gesagt?
Ein Glück, dass ich eine eigene Uhr habe, sonst wäre ich ja viel zu früh aufgestanden, dachte ich zufrieden und sank mit der Uhr am Ohr wieder aufs Kissen zurück. Ja, sie tickte schön fest und gleichmäßig. Wie ein kleines Vogelherz tickte die Uhr an meinem Ohr.
Und dann schlief ich wieder ein.
Punkt sieben wachte ich auf. Sprang aus dem Bett, hüpfte in die Küche und ...
Die Küchenuhr zeigte zehn!
Das war doch einfach unmöglich, das konnte nicht stimmen. Die Batterien mussten leer sein.
Ja, das war die Erklärung, beschloss ich und schüttete Milch über meine Cornflakes.
Nachdem ich gefrühstückt hatte, wischte ich den Tisch ab und spülte das Frühstücksgeschirr. Dann putzte ich mir

extragründlich die Zähne, goss sämtliche Topfpflanzen in der ganzen Wohnung und sortierte die Schuhe in der Garderobe.
Ich fühlte mich herrlich munter und ausgeruht.

Auf dem Schulweg hüpfte ich wie ein glückliches Kaninchen vor mich hin und sang dazu fröhliche Lieder.
Plötzlich tauchte ein kleiner Pudel neben mir auf und begann neben mir herzuhüpfen.
»Hallo, Pudel«, sagte ich.
»Wau, wau«, machte der Pudel.
Ein ungewöhnlich kluger Pudel, dachte ich und dann hüpften wir zusammen weiter, bis wir beim Uhrmacher angelangt waren, bei »Jakobssons Gold & Uhren«.
Dort wäre ich fast gestolpert, als ich in das Schaufenster sah.

Im Schaufenster lagen Hunderte von Uhren. Goldene Armbanduhren, niedliche Mädchenuhren, Taucheruhren und schöne glänzende Wanduhren mit langen Gewichten. Wie gesagt, Hunderte von verschiedenen Uhren.
Und sämtliche Uhren,

von der allerkleinsten Juwelenuhr bis zur großen Standuhr zeigten ein und dieselbe Zeit: Elf Uhr.
Oder vielmehr eine Minute nach elf.
Ich holte meine Uhr aus der Außentasche meines Rucksacks.
Sie zeigte eine Minute nach acht.
So ein Mist, dachte ich und fast hätte ich losgeheult. Und zwar nicht, weil ich traurig war, sondern vor Wut.
Dieser goldgrinsende Kerl hatte mich doch tatsächlich reingelegt. Er hatte mir eine wertlose Mistuhr geschenkt.
Mit der Uhr in der Hand setzte ich mich auf den Bürgersteig. Der Pudel setzte sich neben mich und sah mich mit seinen großen klugen Pudelaugen an.
Direkt vor dem Uhrenladen gab es einen Gully. Ich nahm

die Uhr am Armband und ließ sie über dem Gullygitter baumeln.

»Typisch«, sagte ich zu dem Pudel. »Da hat man endlich eine eigene Uhr gekriegt und dann muss das so eine Mistuhr sein.«

»Wau, wau«, bemerkte der Pudel.

Jetzt lasse ich die Uhr in den Gully fallen, dachte ich und hielt die Uhr so, dass nur noch das Armband aus dem Gitter herausguckte.

Tschüs, du doofe Mistuhr, dachte ich und...

»Hrm!«

Rasch zog ich die Uhr hoch und versteckte sie in meiner Hand, bevor ich mich umdrehte.

»Aha, Sie sind das!«, sagte ich wütend, als ich sah, wer da hinter mir stand und sich räusperte. »Die hier können Sie von mir aus wiederhaben. Die ist ja total wertlos. Total unbrauchbar!«
Der Mann mit dem Goldlächeln grinste wie ein Wolf, als ich ihm die Uhr hinhielt. Aber er wollte sie nicht annehmen.
»Wertlos?«, sagte er nur. »O nein, das kann ich wirklich nicht glauben.«
»Sie geht echt mordsmäßig nach«, sagte ich. »Sehen Sie doch selbst! Jetzt komme ich auch noch zu spät in die Schule!«
»Die Uhr geht kein bisschen nach«, behauptete der Mann. »Nicht eine einzige Minute geht sie nach!«
»Und was soll das hier dann sein?«, fauchte ich. Ich war inzwischen so wütend, dass ich ihn fast angeschrien hätte. »Auf meiner Uhr ist es erst acht! Und auf allen anderen Uhren ist es elf!«
Ich deutete auf den Uhrenladen.
»Woher willst du wissen, dass alle anderen Uhren richtig gehen und ausgerechnet deine Uhr falsch geht?«, sagte er und lächelte immer noch sein Wolfslächeln.
Darauf antwortete ich nicht. Der Typ war ja total verrückt!
»Woher willst du wissen, dass alle anderen Recht haben und du dich irrst«, fuhr er fort. »Du musst dich doch auf dich selbst verlassen. Habe ich dir das nicht schon gesagt? Verlass dich auf dich selbst. Und auf deine Uhr.«

»Aber ...«, erwiderte ich.
»Versuch es«, sagte der Goldgrinser. »Es wird hinhauen. Mach dir nichts draus, was die anderen sagen oder meinen. Verlass dich auf dich selbst.«
»Aber ...«
»Mach's gut«, sagte er. »Bis bald. Und viel Glück, mein kleines Fräulein!«
Poff! und weg war er.

Der Pudel war auch nicht mehr da.
Wahrscheinlich war der Hund im selben Moment verschwunden, als der Mann mit dem Wolfsgrinsen aufgetaucht war.
Jetzt stand ich allein vor dem Uhrenladen.
Warum soll ich diesem Heini mit seinen schwarzen Kleidern und seinem falschen Lächeln glauben, dachte ich. Aber ...
Trotz allem war es meine erste Uhr.
Meine erste eigene Uhr.
Und allmählich hatte ich sie sogar gern, obwohl sie hässlich war. Und obwohl sie mehr Ziffern hatte als irgendeine der vielen Uhren im ganzen Uhrenladen.
Ich hielt die Uhr in der Hand und sah sie an.
Sie sah fast ein wenig traurig aus, als wüsste sie, dass ich sie in den Gully hatte werfen wollen.
Traurig und einsam sah sie aus.
»Du bist wohl die einsamste kleine Uhr auf der ganzen Welt«, flüsterte ich und strich mit dem Zeigefinger über

das gesprungene Glas.
Dann seufzte ich und traf eine Entscheidung.
Von mir aus.
Dann mache ich eben noch einen Versuch und verlasse mich auf mich selbst und meine Uhr. Aber nur diese eine Woche, am Sonntag schenkt Oma mir nämlich eine Geburtstagsuhr.
Einen Versuch kann ich ja noch machen, mal sehen, was daraus wird.
Nachdem ich das beschlossen hatte, steckte ich die Uhr in den Rucksack zurück.
»Wau, wau!«
»Hallo, Pudel! Bist du wieder da?«
Ja, da stand er wieder und jetzt begleitete er mich brav bis zur Schule.

Heute war der Schulhof voller Kinder, genau wie sonst auch, wenn man zur Schule kommt.
Aber eine Sache war trotzdem ungewohnt. Wenigstens für mich war es ungewohnt, am frühen Morgen als Erstes zu Mittag essen zu müssen. Um Viertel nach acht.
Alle anderen Kinder schienen das ganz normal zu finden.
»Wo bist du gewesen?«, fragte Sara, als wir im Speisesaal in der Schlange standen.
»Daheim natürlich«, sagte ich.
Sie starrte mich an, als hätte ich eine Meise.
Nach dem Mittagessen-Frühstück hatten wir drei Stunden lang Werkunterricht. Das war aus zweierlei Gründen

gut: Einerseits brauchte ich meiner Lehrerin nichts vorzuschwindeln und andererseits wurde mein Topfuntersetzer fertig.
Dann ging ich ins Freizeitheim. Papa kam um halb eins.
»Holst du mich jetzt schon ab?«, fragte ich.
»Hm«, machte er.

An diesem Abend war ich noch müder.
Wenn das so weitergeht, macht diese Uhr einen Frühaufsteher aus mir, dachte ich. Morgens putzmunter und abends müde wie ein Kartoffelsack.

Mama und Papa waren offensichtlich auch müde, denn als die Kindersendung im Fernsehen endlich anfangen sollte, waren beide bereits ins Bett gegangen.
Papa schnarchte schon.
Als ich den Fernseher einschaltete, landete ich mitten in einem Film, wo ein Mann und eine Frau ohne Kleider in einem Bett lagen und sich umarmten und alles Mögliche miteinander anstellten. Ganz gewiss keine Kindersendung.
Und wo war meine Lieblings-Dienstagsserie geblieben?
Ich gähnte und gähnte und wanderte durch die stille, dunkle Wohnung, bis es auf meiner Uhr endlich acht war.
Inzwischen war auf dem Bildschirm nur noch Ameisengewusel zu sehen, und zwar auf sämtlichen Sendern.

Falls ich mich wirklich auf meine Uhr verließ, würde ich in dieser Woche nicht viel fernsehen, das war mir inzwischen klar.
»Aber ich mag dich trotzdem«, flüsterte ich der Uhr zu. Und kaum war mein Kopf auf dem Kissen gelandet, da schlief ich schon.

# MITTWOCH

Der Mittwoch wurde ein wunderlicher Tag.
Ein Tag, der irgendwie schief lief. Es fing damit an, dass Mama mich um zwei Uhr nachts weckte.
»Guten Morgen, mein Schatz. Höchste Zeit …« Und so weiter. Um zwei Uhr nachts!
Das heißt, in *meiner* Zeit war es zwei Uhr nachts. Aber inzwischen hatte ich beschlossen mich nur nach meiner eigenen Uhr zu richten, daher war es für mich immer noch Nacht.
Eine ungewöhnlich helle Nacht zwar, aber immerhin.
Und ich war echt gurkenmüde.
Also brummte ich irgendetwas als Antwort und schlief wieder ein.

Um sechs wachte ich auf. Munter wie eine Möhre federte ich aus dem Bett und ging in die Küche hinaus.
Die Küchenuhr zeigte elf. Ich stellte sie auf sechs Uhr zurück, weil mich das so nervös machte.
Dann frühstückte ich, staubsaugte die ganze Wohnung, wischte den Küchenboden auf, trug die Mülltüte zum Müllschlucker, sortierte alle Bücher in meinem Bücherregal der Größe nach und putzte mir dreimal die Zähne. Und die ganze Zeit sang ich wie ein wild gewordener Rocksänger.
Ich hätte es nie für möglich gehalten, dass ich ein solcher Frühaufsteher sein konnte!

Das Telefon läutete ein paar Mal, aber das überhörte ich, weil der Staubsauger so laut röhrte.

Auch heute waren ziemlich viele Kinder auf dem Schulhof.
»Wo bist du den ganzen Tag gewesen?«, fragte Sara, als wir ins Klassenzimmer gingen.
Ich antwortete nicht.
Doch dann musste ich antworten, weil Frau Lindmann die gleiche Frage stellte:
»Wo bist du den ganzen Tag gewesen, Hanna?«
Schließlich konnte ja niemand wissen, dass mein Tag gerade erst angefangen hatte.
Mir war klar, dass ich ein klein wenig flunkern musste.
»Beim Ohrenarzt«, sagte ich. »Er musste nämlich nachgucken, ob meine Ohrröhren noch alle drin sind.«
Ich kann unheimlich gut flunkern. Ohne mit der Wimper zu zucken kann ich Frau Lindmann mitten ins Gesicht flunkern. Das Flunkern fällt mir genauso leicht wie die Wahrheit zu sagen.
Echt unheimlich leicht.
»Aha«, sagte Frau Lindmann, die mir natürlich glaubte. »Aber wenn du nächstes Mal zum Arzt musst, bitte deine Mutter lieber dir vorher eine Entschuldigung mitzugeben. Sonst mache ich mir Sorgen und denke, dass du vielleicht krank bist oder so.«
Und dann lächelte sie ihr Engelslächeln.
»Mm«, sagte ich bloß.

An diesem Tag ging ich nur eine einzige Stunde lang in die Schule. Und Mittagessen bekam ich auch keins.
Genau die richtige Länge für einen Schultag, fand ich. So müsste es immer sein.
Papa holte mich um halb zwölf vom Freizeitheim ab.
Ich brauchte ihn natürlich gar nicht erst zu fragen, warum er so früh kam.
»Guck mal, was ich gemacht hab!«, sagte ich stattdessen und hielt ihm eine kleine Schale aus echtem Ton unter die Nase.

»Mm, sehr schön«, sagte er ohne hinzuschauen.
»Das ist ein automatischer Toastapparat«, sagte ich.
»Mm, sehr schön«, sagte er ohne zuzuhören.
»Wenn man den an den Fernseher anschließt, wird ein Handmixer daraus«, sagte ich.

»Mm, sehr schön«, sagte er. »So, hol jetzt deinen Rucksack und komm mit.«
Er hört nichts, sieht nichts und sagt nichts.
Aber er riecht gut.

»Wir müssen neue Batterien für die Küchenuhr besorgen«, sagte Mama, als wir beim Abendessen saßen. »Sie ist stehen geblieben.«
»Mm«, sagte Papa.
Stehen geblieben würde ich das nicht nennen, dachte ich. Ich war nicht besonders überrascht, als Mama und Papa um vier Uhr nachmittags ins Bett gingen. Mir war klar, dass sie müde waren, immerhin hatten sie ihre eigene Zeit, der sie folgen mussten.
Und ich hatte meine – und war kein bisschen müde. Im Gegenteil – ich war munter wie eine Melone.
In der Wohnung war es mir zu still und zu dunkel, daher beschloss ich einen kleinen Spaziergang zu machen.
Draußen war es ebenfalls dunkel.
Es war dunkel wie die Nacht, obwohl es auf meiner Uhr erst halb fünf war. Die Sonne und der Mond schienen sich kein bisschen nach meiner Uhr zu richten.
Und Kinder waren auch keine draußen unterwegs. So weit das Auge reichte, war kein einziges Kind zu sehen. Der Spielplatz war leer und die Schaukeln hingen verloren da und sahen traurig aus. Im Sandkasten lagen ein vergessener Eimer und eine kaputte Schaufel. Ich setzte mich auf eine der Schaukeln und versuchte zu schaukeln.

Aber es war so dunkel und einsam, und die Schaukel quietschte und knarrte so gespenstisch, dass ich schnell wieder absprang und weiterging.
Bbbbrrrrrmmmm…! Plötzlich wurde ich von zwei großen Scheinwerfern geblendet, die direkt auf mich zukamen. Rasch schlüpfte ich hinter einen Baum und sah

zwei Jungs auf ihren Mopeds vorbeiknattern, dass der Kies nur so hochspritzte.
»Spinnt ihr, oder was?«, schrie ich hinter ihnen her.
»Wollt ihr etwa alle Kinder auf dem Spielplatz überfahren? Ihr seid ja wohl total plemplem!«
Zwar war auf dem Spielplatz weit und breit kein Kind zu sehen, aber es hätte ja sein können.
»Recht so, Kleine«, sagte eine Stimme hinter mir.
Ich zuckte zusammen und spähte in die Dunkelheit. Woher kam diese Stimme? Wer hatte da gesprochen?
»Recht so, Kleine. Sag den Lümmeln, dass sie Ruhe geben sollen. Bei dem Krach kann ja kein Mensch schlafen.«
Da! Die Bank unter dem großen Baum. Von dort kam die Stimme. Und dort konnte ich auch etwas erkennen. Eine Gestalt.
»Wo bist du?«, rief ich.
»Hier«, antwortete die Stimme natürlich.
»Wer bist du?«, rief ich zurück.
»Bengt«, antwortete die Stimme.
Bengt. Das klang nicht allzu gefährlich, fand ich.
»Und wer bist du?«, rief die Stimme.
»Hanna«, rief ich.
»Hallo, Hanna.«
»Hallo, Bengt.«
Dann wurde es still.
Dort hinten in der schwarzen Dunkelheit saß jemand, der Bengt hieß. Aha.

Und hier stand ich.

»Du hast nicht zufällig ein Kopfkissen in deiner hinteren Hosentasche, Hanna?«, rief die Stimme namens Bengt nach einer Weile.

»Nein«, rief ich. »Nein, hab ich nicht. Ich habe nicht mal eine hintere Hosentasche.«

Ein Kopfkissen in der hinteren Hosentasche? Nein, das war wirklich zu viel, jetzt musste ich mir diesen Bengt doch etwas näher anschauen. Das musste ich einfach.

»Kannst du nicht herkommen und einen kleinen Schwatz mit mir halten, Hanna?«, rief er in diesem Moment. »Ich bin nicht gefährlich. Und ich habe ein paar Kerzen dabei, die kann ich anmachen.«

»Ja, genau das hatte ich gerade vor«, rief ich und begann auf die Stimme und die Bank zuzugehen.

Während ich vorsichtig in die Dunkelheit hineinging, flammte vor mir ein Streichholz auf, dann eine Kerzenflamme, dann eine zweite und eine dritte.

Wie ein kleiner Leuchtturm, nach dem ich mich richten konnte, brannten jetzt drei Teelichter auf der Bank unterm Baum.

Und bald war ich dort angelangt.

»Hier sitzt der Park-Bengt auf seiner Park-Bank«, sagte der Alte auf der Bank. »Bitte, nimm doch Platz, kleine Hanna.«

Nein, gefährlich sah er nicht aus.

Aber kaputt. Er hatte kaputte Schuhe an mit abgerissenen Schnürsenkeln. Eine kaputte, abgetragene Hose. Einen kaputten grauen Pulli und eine kaputte Jacke, die voller Flecken war.

Eier, dachte ich. Spiegeleier.

Aber gefährlich sah er nicht aus.

Unrasiert war er, mit struppigen Haaren und er roch stark und durchdringend.

Aber seine Augen sahen lieb aus, als er lächelte.
»Bitte, nimm doch Platz, Hanna«, sagte er noch einmal. »Wie kommt es, dass du so spät abends noch allein draußen unterwegs bist?«
»Wieso denn spät?«, sagte ich und setzte mich auf die Bank.
Dann guckte ich auf meine Uhr.
»Es ist doch erst halb fünf«, sagte ich.
»So, so«, sagte er. »Ja, was weiß ich ... Allerdings war ich der Meinung, es sei schon nach zehn. Geht deine Uhr auch ganz bestimmt richtig?«
»Was heißt schon richtig«, sagte ich. »Ich richte mich jedenfalls nach ihr.«
»Hm«, machte Bengt und zwinkerte mich neugierig an. »Na ja, ich selbst kümmere mich nicht um die Uhr. Ich muss keine Zeiten einhalten. Scheint die Sonne, ist es Tag. Und dann bin ich wach. Scheint der Mond, ist es Nacht. Dann schlafe ich. Und wenn ich Hunger habe, esse ich. Das heißt ...«
»Was?«, fragte ich, als er verstummte.
»Das heißt, wenn ich etwas zu essen habe. Manchmal habe ich was und manchmal nicht ...«
Er verstummte wieder, doch dann lachte er kurz: »Aber heute habe ich Glück. Guck mal!«
Zwischen uns auf der Bank standen die drei Kerzen und daneben lag ein kleiner Haufen mit roten Äpfeln. Bengt selbst saß auf einem Stück Karton, hinterm Rücken hatte er auch ein Stück Karton und vor ihm auf dem Boden

lagen mehrere große Kartonfladen. Das waren doch unsere IKEA-Kartons! Die Kartons, in denen das Bett verpackt gewesen war.
»Wozu hast du die vielen Kartons?«, fragte ich.
»Weil ich nicht frieren will«, antwortete er.
»Was?«
»Nachts wird es jetzt schon ziemlich kalt. Als ich heute Morgen aufgewacht bin, hab ich Raureif im Bart gehabt.«
»Was?«
Das verstand ich nicht. »Wieso? Wohnst du denn nachts hier draußen? Schläfst du hier auf der Bank?«
»Der Park-Bengt auf seiner Park-Bank«, sagte er wieder und nickte. »Ganz recht, so ist es.«
»Aber hier bei uns haben alle Menschen ein Dach überm Kopf«, wandte ich ein.
»Aha.« Bengt sah mich neugierig an. »Wer hat das gesagt?«
»Frau Lindmann. Das haben wir schon in der ersten Klasse gelernt. Als wir über die Familie und solche Sachen geredet haben. Hier bei uns gibt es keinen Menschen, der auf der Straße oder so schläft.«
»Und ich?« Bengt lachte. »Gibt es mich denn nicht?«
»Hier auf jeden Fall nicht«, sagte ich und lachte auch.
»Ich will ja nicht behaupten, dass deine Lehrerin sich irrt«, sagte Bengt. »Aber vielleicht solltest du doch ein bisschen über diese Sache nachdenken.«
»Ja ...«

»Nimm dir einen Apfel, während du nachdenkst«, sagte Bengt und nahm sich selbst einen Apfel, den er sorgfältig an seinem Pulli abrieb.
»Danke«, sagte ich ohne zu überlegen und nahm mir ebenfalls einen.
Aber das ging doch nicht!
Von fremden Männern durfte man keine Geschenke annehmen.
Und das hier war ein fremder Mann. Und ein Apfel war ein Geschenk.
Es ist schließlich allgemein bekannt, wie es Schneewittchen ergangen ist.
Mit dem Apfel in der Hand blieb ich sitzen.
»Ich … ich hebe mir meinen Apfel noch auf«, sagte ich. »Hab jetzt gerade keinen Hunger. Ich hebe ihn lieber auf.«
»Klar«, sagte Bengt. »Mach damit, was du willst.«
Er selbst biss in seinen Apfel und mampfte und schmatzte, dass es nur so spritzte.
»Erstklassige Äpfel«, sagte er, als er den Apfel aufgegessen und sich den Mund mit dem Jackenärmel abgewischt hatte. »Erstklassige Ingrid-Marie-Äpfel. Hab sie selbst geklaut. In einem Garten hinterm Park.«
Er zeigte nach hinten und warf das Kerngehäuse in die Dunkelheit.
Geklaut? War der Alte etwa ein Dieb? Saß ich hier neben einem Räuber?
»Ein Dieb bin ich aber nicht, falls du das glaubst«, sagte

er, als könnte er meine Gedanken lesen. »Aber Äpfelklauen, das ist erlaubt. Das gehört sozusagen zu den Menschenrechten. Das weiß doch jedes Kind, hähä ...«
Beim Lachen riss er den Mund auf und ich starrte wie gebannt seine Zähne an. O Mannomann!
Mein Zahnarzt wäre in Ohnmacht gefallen. Wenn Bengt in die Praxis gekommen wäre und seinen Mund aufgemacht hätte, wäre mein Zahnarzt total zusammengebrochen. O Mannomannomann!
Bengts Zähne waren der Alptraum für jeden Zahnarzt. Sie waren schwarz, spitz, löchrig, abgebrochen und hässlich. Und viele fehlten ganz einfach. Ganz vorne hatte er eine Zahnlücke, so ähnlich wie bei den Sechsjährigen.
Eigentlich könnte mein Zahnarzt Bengt direkt einstellen, dachte ich. Dann könnte Bengt im Wartezimmer sitzen, wo er nur ab und zu den Mund aufzumachen bräuchte, und schon wären alle Kinder, die seine Zähne sahen, fest entschlossen sich nach jeder Mahlzeit die Zähne zu putzen und Zahnseide und Zahnstocher zu benützen. Und vor allem nie mehr Süßigkeiten zu futtern.
O Mannomannomann.
Er war eine lebendige Reklame fürs Zähneputzen.
»Und worüber wird so eine kleine Hanna sich jetzt wohl

gerade den Kopf zerbrechen?«, fragte Bengt und ich merkte, dass er mich neugierig anguckte.
»Über gar nichts.« Ich wurde rot.
Jetzt musste ich mir schleunigst etwas einfallen lassen.
»Das heißt ... Ich hab mir überlegt ... Was arbeitest du eigentlich? Das hab ich mir überlegt ...«
Bengt schüttelte stumm den Kopf.
»Ich hab aufgehört zu arbeiten«, erklärte er.
»Aber alle müssen arbeiten«, wandte ich ein. »Das hat meine Lehrerin gesagt.«
»Die würde ich gerne mal kennen lernen«, sagte er.
»Das lässt sich machen«, sagte ich.
»Aber ich habe mal gearbeitet«, fuhr er fort, bevor ich mir überlegen konnte, wie Frau Lindmann den Park-Bengt kennen lernen könnte. »Bin Seemann gewesen. Bin auf Schiffen gesegelt, die waren so groß wie ... wie der ganze Park hier.«

»Ehrlich?«, sagte ich.
»Ja, da staunst du, was?«, sagte er. »Und ich bin weit herumgekommen, bis ...«
Und dann erzählte Bengt von Amsterdam und Afrika und Eisbergen und grausamen Kapitänen und Stürmen und ...
Und er redete und erzählte und beantwortete alle meine Fragen.
Aber gut riechen, das tat er nicht.
Nein, das tat er wirklich nicht.
»So, und jetzt werde ich dir was zeigen«, sagte er, nachdem er sehr lange erzählt hatte. »Jetzt werde ich dir einen echten chinesischen Drachen zeigen.«
»Ehrlich?«, sagte ich.
»Jawollja«, sagte Bengt und stand auf.
Er knöpfte seine Jacke auf, zog sie aus und schob seinen durchlöcherten grauen Pulli bis ans Kinn hoch.
»Ist ja toll«, sagte ich.
Im Schein der Teelichter sah ich einen riesigen Drachen, der in Rot und Blau auf Bengts Bauch tätowiert war. Der Drache hatte viele verschnörkelte Schwänze und außerdem gab es da Himmel und Meer zu sehen und Sterne und Fische.
Bengts Bauch war ein einziges Märchen.
»Ist ja toll!«
»Ja, meine Liebe«, sagte Bengt zufrieden. »Das hat Tsu-Fo-Sing mal gemacht. Der war der beste Tätowierer in ganz Schanghai. Und der teuerste. Diese Herrlichkeit kostete mich ...«

»He, Sie da!«
Eine barsche Stimme unterbrach ihn.
»Hallo! Was geht hier vor?«
Zwei barsche Stimmen.
Und zwei Taschenlampen, die näher kamen und uns blendeten.
Bengt blieb mit hoch gezogenem Pulli stehen und zwinkerte ins Licht um festzustellen, wer da durch die Dunkelheit angestiefelt kam.
Gleich darauf ging ein breites Lächeln über sein Gesicht und er rief:
»Na so was, der Herr Wachtmeister Andersson. Und der

Herr Wachtmeister Sonesson. Schönen guten Abend, die Herren! Was verschafft mir die Ehre?«

Inzwischen sah auch ich, dass es zwei Polizisten waren, die da näher kamen. Aber Bengt schien sich keine Sorgen zu machen.

»Das hier zeige ich bloß meinen Freunden«, erklärte er und zog den Pulli herunter. »Aber für ein kleines Entgelt würde ich mein Kunstwerk natürlich auch den beiden Herren vorführen.«

Inzwischen waren die Polizisten bei uns angelangt und sie schienen das alles kein bisschen komisch zu finden.

»Was geht hier eigentlich vor?«, fragte der eine von ihnen noch einmal mit strenger Stimme.

»Warum klingen Sie denn so ärgerlich, Herr Wachtmeister?«, sagte Bengt. »Hier geht nur vor, dass ich mich in aller Freundschaft mit der kleinen Hanna unterhalte. Und dass wir dabei Äpfel essen. Aber fragen Sie mich lieber nicht, woher ich die Äpfel habe …«

»Hör jetzt gefälligst mit dem Blödsinn auf!«, sagte der andere Polizist. »Warum ziehst du dich hier aus?«

»Aber bester Herr Wachtmeister«, sagte Bengt, »ich zieh mich doch nicht aus. Ich wollte doch bloß der kleinen Hann … Hanna … Hanna? Wo bist du? Hanna, komm her und erklär mal dem lieben Onkel Wachtmeister … Hanna!«

Nein, ich war nicht mehr da.

Ich hatte keine Lust gehabt zu bleiben und mich mit zwei

strengen Polizisten zu unterhalten.
Flink wie eine kleine Parkmaus war ich davongeflitzt und jetzt stand ich hinter einem großen Baum versteckt, während die Polizisten mit ihren Taschenlampen hinter mir herleuchteten.
»Hallo, Kleine! Wo bist du denn?«, rief der eine.
»Komm zurück, wir wollen uns nur ein bisschen mit dir unterhalten!«, rief der andere.
Nie im Leben, dachte ich. Strenge Polizisten sind das Schlimmste, was es gibt.
Nach einigem Rufen und Herumleuchten gaben die Polizisten ihre Suche auf und ich konnte mich auf den Heimweg machen.
Von der Parkbank drangen ihre Stimmen herüber.
»Du kommst am besten mit aufs Revier, damit wir diese Angelegenheit klären können«, sagte der eine Polizist.
»Aber ...«, wandte Bengt ein.
»Na, wird's bald«, sagte der andere.
»Okay, okay«, seufzte Bengt. »Wenn es denn sein muss. Nur einen Moment noch, ich muss meine Äpfel einstecken.«
Ich blieb stehen.
Und wenn Bengt jetzt ins Gefängnis kam?
Vielleicht sollte ich doch umkehren und den Polizisten alles erklären?
Aber er hatte ja nichts Schlimmes getan. Wenn man nichts Schlimmes getan hat, kommt man nicht ins Gefängnis, dachte ich und ging nach Hause.

Daheim in der Wohnung schliefen meine Eltern noch immer. Ich war inzwischen auch müde. Todmüde.
Und das, obwohl es auf meiner Uhr erst sechs war. Heute Abend gehe ich mal früh ins Bett, dachte ich und musste leise kichern.
Und die Kindersendung lasse ich heute Abend auch ausfallen, dachte ich und musste noch einmal kichern.
Dann schlief ich mit der Uhr unterm Kopfkissen ein.

# DONNERSTAG

Ratet mal, ob ich müde war, als Mama mich am nächsten Morgen weckte!
»Guten Morgen, mein Schatz …«
Mein Kopf war wie ein schwerer Sack.
Es gelang mir ein Auge aufzumachen und Mama anzulinsen.
»Raus aus den Federn mit dir!«, sagte sie munter und riss mir die warme Decke weg.
»Mmmm«, knurrte ich.
Aber kaum hatte ich gehört, wie die Wohnungstür hinter ihr zugefallen war, als ich die Decke wieder hochzog und mich in das gemütlich warme Bett kuschelte.
Fünf Minuten, dachte ich. Nur fünf Minuten.
Und ich schloss die Augen.
Nach fünf Minuten hob ich den Kopf vom Kissen und grapschte nach meiner Uhr. Es war halb eins.
Halb eins? Das war nicht möglich.
Ich hatte das Gefühl höchstens ein paar Stunden geschlafen zu haben. Es war, als wäre mir etwas abhanden gekommen.
»Willst du mich verschaukeln?«, flüsterte ich der Uhr zu.
»Tick tack«, sagte die Uhr.
Ich schleppte mich aus dem Bett, trank einen Becher Milch, putzte mir innerhalb von zehn Sekunden die Zähne und zog mich an.

Auf der Küchenuhr war es halb acht. Jetzt war sie wohl tatsächlich stehen geblieben.
Heute fühlte ich mich wirklich nicht wie ein Frühaufsteher. Ich gähnte, setzte mich an den Küchentisch und schrieb auf einen Zettel:

### AN FRAU LINDMANN

*Hanna ist heute beim Ohrenarzt gewesen.*
*Zur Nachuntersuchung. Ihre Ohrröhren*
*sind rausgefallen.*

*Viele Grüße von Mama*


Obwohl ich todmüde war, dachte ich noch daran, einen roten Apfel in den Rucksack zu stecken, bevor ich mich auf den Schulweg machte.

Wie falsch kann eine Uhr eigentlich gehen?
Meine Uhr ging falsch und immer falscher. Wenigstens im Vergleich zu allen anderen Uhren.
Gestern war sie tüchtig hinterhergehinkt und heute ging sie ordentlich vor.
Als ich um Viertel nach eins in den Schulhof kam, marschierte meine Klasse nämlich gerade ins Klassenzimmer.
»Heute bist du ja von Anfang an dabei, Hanna!« Frau

Lindmann lächelte. »Wie schön. Aber du siehst wirklich sehr müde aus ...«

»Mmmm«, brummte ich und zerknüllte den Zettel, den ich ihr hatte geben wollen. Ich ließ ihn stattdessen in der Hosentasche verschwinden.

Wir hatten Rechnen. Ich schlief mitten im Einmaleins ein und wachte davon auf, dass Frau Lindmann mich an der Schulter rüttelte.

»Hanna ...«

Als ich den Kopf hob, sah ich, dass die ganze Klasse mich anstarrte. Die Jungs, die vorne saßen, kicherten und tuschelten, und Sara sah mich entgeistert an.

»Bin ich eingeschlafen?«, fragte ich verwirrt. Die ganze Klasse brach in schallendes Gelächter aus, in ein Riesen-Klassengelächter.

»Ruhe!«, sagte Frau Lindmann mit ungewöhnlich strenger Stimme.

Innerhalb von einer Sekunde war es still. Nur ein leises Kichern lag noch in der Luft.

»Ihr könnt jetzt in die Pause gehen«, sagte Frau Lindmann. »Heute kriegt ihr fünf Minuten extra. Lasst die Bücher auf den Bänken liegen, nachher haben wir noch eine Stunde Rechnen. Los, raus mit euch in die Pause!«

Worauf alle aus dem Klassenzimmer rannten.

Aber als ich aufstehen wollte, sagte Frau Lindmann: »Setz dich, Hanna. Ich muss mit dir reden.«

Ich saß stumm in meiner Bank und wartete und versuchte die Augen offen zu halten, während Frau Lindmann mich ernst ansah.

»In den letzten Tagen bist du irgendwie anders als sonst gewesen, Hanna«, begann Frau Lindmann.

Kein Wunder, dachte ich. Das liegt daran, dass ich eine Uhr gekriegt habe.

Meine erste Uhr.

Und von Schulzeiten versteht meine Uhr mehr oder weniger gar nichts!

Nein, meine Uhr geht sozusagen ihre eigenen Wege und darum muss ich das auch tun. Weil ich nämlich eine Uhr gekriegt habe, die anders ist als alle Uhren auf der Welt, dachte ich und strich leicht über die Außentasche meines Rucksacks.

Aber das alles konnte ich meiner Lehrerin natürlich nicht erklären. Daher schwieg ich einfach und ließ sie gucken.

Sie guckte mich lange und eingehend an.

»Du bist zu spät gekommen, du hast zwei halbe Schulta-

ge versäumt und heute bist du so müde, dass du in deiner Bank einschläfst«, fuhr sie schließlich fort. »Hast du irgendwelche Probleme? Ist etwas mit ... deinen Eltern?«
»Nein, nein!«, versicherte ich.
Es wäre babyleicht gewesen, eine tieftraurige Geschichte darüber zusammenzuflunkern, wie unglücklich ich sei, weil meine Eltern sich gerade scheiden ließen oder weil mein Vater sich jeden Abend mit Schnaps voll laufen ließ oder irgendetwas in dieser Richtung.
Aber das tat ich nicht.
»Nein, es ist nichts«, sagte ich nur.
»Bleibst du abends lange auf? Bis in die Nacht?«, fragte Frau Lindmann. »Wann bist du gestern zum Beispiel ins Bett gegangen?«
»Um sechs«, sagte ich und gähnte ausgiebig. »Schon um sechs.«
Frau Lindmann glaubte mir natürlich nicht, das war ihr anzusehen.
Und dabei sagte ich doch ausnahmsweise die Wahrheit.
»Sitzt du abends lange vor dem Fernseher?«, wollte sie dann wissen.
»Hab die ganze Woche nicht ferngesehen«, sagte ich.
Und auch das entsprach der Wahrheit.
Frau Lindmann schwieg und musterte mich wieder lange.
Draußen vor dem Klassenzimmerfenster drängelte sich die ganze Klasse um ins Klassenzimmer gucken zu können – als wären sie im Zoo und würden die Affen angu-

cken. Und als wäre ich der Affe und Frau Lindmann meine Affenmutter. So ein komischer Pavian mit blauem Po, dachte ich und musste kichern.
»Woran denkst du?«, wollte sie wissen.
»An nichts.«
»Und da ist nichts, was du mir erzählen möchtest?«
»Nein, nichts.«
»Nun, da werde ich wohl deine Mutter anrufen und mich ein bisschen mit ihr unterhalten müssen«, sagte sie da.
»Nein, das ist nicht nötig«, erwiderte ich rasch.
»Doch, das werde ich tun müssen«, sagte Frau Lindmann.
»Du kannst ihr ausrichten, dass ich heute Abend anrufe.«
»Aber ...«, sagte ich und versuchte mir irgendeine gute Flunkerei auszudenken, die ich ihr auftischen könnte.
»Ich mache mir doch Sorgen um dich«, erklärte Frau Lindmann und strich mir über die Wange. »Ich will, dass du wieder froh und munter bist wie früher. Und dass du rechtzeitig in den Unterricht kommst.«
»Ich bin aber schon munter«, behauptete ich und gähnte.
»Gut.« Frau Lindmann lachte. »Dann wirst du es also schaffen, in der nächsten Stunde wach zu bleiben?«
»Kein Problem!« Ich versuchte so richtig hellwach zu klingen.
»Gut«, sagte Frau Lindmann wieder. »Dann lauf jetzt schnell hinaus an die frische Luft. Die kannst du brauchen. In fünf Minuten machen wir weiter.«
Ich kramte in meinem Rucksack.
»Frau Lindmann«, sagte ich. »Der hier ist für Sie.«

Ich reichte ihr den roten Apfel, den Bengt mir geschenkt hatte.
»Vielen Dank«, sagte Frau Lindmann überrascht.
Sie biss in den Apfel. Ich beobachtete sie genau. Nein, sie sah weiterhin ganz normal aus. Der Apfel war also nicht vergiftet gewesen. Natürlich nicht!
»Mmm, lecker«, sagte sie.
»Die Sorte heißt Ingrid Marie«, erklärte ich. »Und ich hab ihn von einem Mann bekommen, den es nicht gibt.«
»Tatsächlich?« Frau Lindmanns Stimme klang neugierig. »So jemanden habe ich noch nie getroffen. Den würde ich gern mal kennen lernen.«
»Das lässt sich machen«, sagte ich. »Ich kann ihn morgen mitbringen.«
Das heißt, wenn er nicht im Kittchen sitzt, dachte ich und dabei wurde mir ganz kalt zumute.
»Ja, tu das, Hanna«, sagte Frau Lindmann. »Bring ihn in unsere Bunte Stunde mit. Wie sieht er denn aus? Kann man ihn sehen?«
»Natürlich kann man ihn sehen«, sagte ich.
Und riechen kann man ihn auch, dachte ich, als ich aus dem Klassenzimmer ging.
»Schleimi«, sagte Sara, als ich auf den Schulhof hinauskam. Damit meinte sie die Sache mit dem Apfel.
»Tss«, machte ich bloß.
Sara hatte es gerade nötig, Schleimi zu sagen. Wo sie im Unterricht andauernd mit der Hand herumwedelte und so.

Ja, an diesem Tag war ich sehr, sehr müde. Aber ich schlief nicht noch einmal ein, wenigstens nicht in der Schule.
Dafür schlief ich auf dem weichen Sofa im Freizeitheim, bis Papa mich um halb zehn abholte.
Allmählich machte mich meine Uhr total verrückt. Ich wusste kaum noch, ob bei mir Vormittag oder Abend war. Aber nachdem ich so schrecklich müde war, musste es wohl spät am Abend sein.
Als ich nach Hause kam, wollte ich sofort ins Bett gehen.
»Was, du willst jetzt schon ins Bett?«, fragte Mama.
»Fühlst du dich nicht wohl? Bist du krank?«
»Bin kerngesund«, sagte ich. »Bloß müde.«
Auf meiner Uhr war es zehn. Und genauso müde war ich auch.
»Selbstverständlich musst du ins Bett gehen, wenn du müde bist«, sagte Mama. »Aber willst du nicht vorher noch etwas essen? Ich mache gerade Fleischklößchen!«
Um diese Zeit noch Fleischklößchen?
»Nein, danke«, sagte ich.
Da läutete das Telefon und ich lief schnell hin und nahm den Hörer ab.
Natürlich war es Frau Lindmann. Das hatte ich befürchtet.
»Hanna, hallo! Hast du deine Mutter irgendwo?«
»Nein, Frau Lindmann, nirgendwo und nirgendwann«, reimte ich als Antwort auf ihren Reim.
Frau Lindmann lachte in den Hörer.
»Im Ernst, ist deine Mutter da?«, fragte sie.

»Nein«, log ich. »Die ist bei der Gymnastik.«
»Und dein Vater?«
»Hat Spätschicht«, log ich. »Er kommt erst mitten in der Nacht heim.«
»Na gut, dann rufe ich später wieder an«, sagte Frau Lindmann.
»Ja, tun Sie das«, sagte ich.
Nachdem ich den Hörer aufgelegt hatte, zog ich den Telefonstecker heraus.
»Wer war am Telefon?«, rief Mama aus der Küche.
»Einer, der eine Hausratversicherung verkaufen wollte«,

log ich. »Ich hab ihm gesagt, wir sind schon bis über die Ohren hausratversichert.«
»Gut«, sagte Mama.

Bevor ich einschlief, dachte ich an Bengt. Park-Bengt. Wenn Bengt jetzt im Gefängnis saß, war es meine Schuld. Weil ich nicht dageblieben war und der Polizei alles erklärt hatte.
Wasser und Brot und vergitterte Fenster.
Aber er hatte doch gar nichts getan!
Er war doch bloß lieb gewesen.
Liebe Menschen kommen nicht ins Gefängnis. Und morgen bringe ich ihn mit in die Schule, dachte ich.
Dann schlief ich ein.

# FREITAG

Mama weckte mich wie üblich.
»Guten Mor...«
»Ja, ja«, sagte ich und setzte mich im Bett auf. »Ich wünsche dir auch einen schönen guten Morgen, liebe Mama!«
Heute war ich viel munterer.
Munter wie eine Mandarine.
Als Mama das Zimmer verlassen hatte, holte ich meine Uhr hervor.
»Und schönen guten Morgen, liebe Uhr«, sagte ich. »Aha, auf dir ist es jetzt elf, soso. Gut, dann wird es wohl so sein.«
Ich hatte ja versprochen, Bengt heute zur Bunten Stunde mitzubringen, und die fing um zehn nach zwölf an. Bengt konnte ich aber nur mitbringen, wenn die Polizei ihn freigelassen hatte.
Würde ich heute wieder zu spät in die Schule kommen? Oder würde ich rechtzeitig kommen? Oder zu früh?
Es war unmöglich, das vorher zu wissen.
Ich hatte eine Uhr, die ihre eigenen Wege ging, das wusste ich inzwischen. Aber welche Wege sie ging, das verstand ich nicht.
Jeden Tag war es gleich spannend. Ungefähr wie bei einem Adventskalender.

Diesmal ging ich mit geschlossenen Augen in die Küche, weil ich die Küchenuhr nicht sehen wollte. Das hätte die Spannung zerstört.

Mit geschlossenen Augen öffnete ich den Kühlschrank, ertastete mir eine Tube, in der Mayonnaise sein musste, ein Glas, das ein Marmeladenglas sein musste, und eine Packung, die eine Milchpackung sein musste.

Dann ertastete ich mit geschlossenen Augen zwei Scheiben Brot im Brotkorb und ein Glas auf dem Spültisch.

Mit geschlossenen Augen strich ich meine zwei Brote und goss Milch ins Glas. Die ganze Zeit hielt ich die Augen fest geschlossen und versuchte kein einziges Mal heimlich zu gucken. Erst als ich mit meinen Broten und meinem Glas wieder in meinem Zimmer war, machte ich die Augen auf. Aha.

Es war das erste Mal in meinem Leben, dass ich ein Senfbrot und ein Tomatenmarkbrot und dazu ein Glas Buttermilch frühstückte.

Und bestimmt war es auch das letzte Mal!

Wenn ich zu spät komme, werde ich es auf Bengt schieben, dachte ich, als ich die Brote endlich verdrückt hatte. Schnell schlüpfte ich in die Kleider, warf die Tür hinter mir zu und rannte die Treppe hinunter.

Nicht einmal die Zähne hatte ich geputzt.

Bengt schlief noch.
Er lag auf der Bank, hatte sich mit einem IKEA-Karton

zugedeckt und schnarchte mit weit offenem Mund wie ein Nilpferd.

Aber als ich ihn sah, machte mein Herz einen Extrahüpfer vor lauter Freude. Ich hatte mir doch ganz schön Sorgen um ihn gemacht.

»Huhu«, flüsterte ich und klopfte an den Karton. »Ist jemand daheim? Wach auf, du Schlafmütze! Zeit zum Aufstehen!«

»Grrummpf«, grunzte er und drehte sich um.

»Raus aus dem Karton!«, rief ich etwas lauter. »Zeit für die Schule! Wir sind schon spät dran. Glaube ich wenigstens …«

»Ööhh …«

Bengt öffnete ein Auge und blinzelte mich damit an.
Dann öffnete er langsam das andere Auge.
Dann schubste er den Karton weg, auf den Boden hinunter.
Dann hob er ganz, ganz langsam den Kopf von der Bank.
Dann richtete er sich mit großer Mühe auf und setzte sich unter Stöhnen, Seufzen und Ächzen auf die Bank. Es klang, als müsse er eine sehr, sehr schwere Arbeit ausführen, die sehr, sehr lange brauchte.
»Guten Morgen, Hanna«, gähnte er schließlich.
»Hallo!« Ich hüpfte auf und ab. »Du musst dich beeilen.«
»Muss ich das?« Er gähnte wieder und sah sich um. »Warum denn?«
»Weil wir sonst zu spät kommen«, erklärte ich und hüpfte noch aufgeregter auf der Stelle. »Wir sind schon spät dran. Das heißt, vielleicht.«
»Aha«, sagte Bengt und begann sich langsam von der Bank zu erheben.
Doch dann ließ er sich wieder träge zurücksinken und sagte:
»Immer schön mit der Ruhe, meine kleine Hanna. Jetzt erklär mir erst mal alles ganz langsam und deutlich. Warum hast du mich so unmenschlich früh geweckt? Und wo müssen wir wann wieso pünktlich sein? Um diese Zeit ist mein Denkapparat noch ein bisschen schwerfällig, aber wenn du mir alles schön ruhig und friedlich erklärst, wird's schon gehen. Vor allem, wenn du aufhörst,

so wild zu hüpfen. Mir wird ganz schwindelig, wenn ich dich bloß angucke.«
Ich seufzte und hörte mit dem Gehüpfe auf.
»Wir müssen zur Schule«, sagte ich nur.
»Zur Schule?« Bengt klang mächtig erstaunt.
»Du hast doch gesagt, dass du meine Lehrerin kennen lernen willst«, sagte ich. »Und sie will dich auch kennen lernen.«
»Mich kennen lernen?« Bengt klang noch einmal mächtig erstaunt.
»Ja. Und wir sind schon spät dran. Das heißt, vielleicht. Wahrscheinlich. Wenigstens glaube ich das ...«
»Fängt die Schule denn so unmenschlich früh an?« Bengt gähnte.
Ich seufzte nur.
»Okay, okay«, sagte Bengt. »Aber ich hab noch nicht gefrühstückt.«
Er steckte einen Apfel ein und stand auf.
»Den kann ich unterwegs futtern«, sagte er.

»Bin nicht mehr in der Schule gewesen, seit ich ein kleiner Junge war«, sagte Bengt, als wir auf den Schulhof kamen. »Und damals war ich auch kaum je in der Schule.«
»Aber alle müssen doch in die Schule gehen«, wandte ich ein.
»Ja, ja, natürlich.« Bengt kam mir jetzt fast ein bisschen nervös vor.

Und dann wurde ich auch ein bisschen nervös. Die erste Person, der wir begegneten, war nämlich die Schulschwester, die für unsere Zähne zuständig ist.
Mach bitte nicht den Mund auf, Bengt, dachte ich. Lass bloß deinen Mund zu!
Aber nein, Bengt riss den Mund zu einem breiten Lächeln auf und verbeugte sich höflich vor der Schwester.
»Guten Morgen, schöne Frau.«
Sie schnaubte bloß und wandte das Gesicht ab.

»Ein Morgenmuffel, was?« Bengt lachte. »Das war doch hoffentlich nicht deine Lehrerin?«
»Nein, das war unsere Zahnschwester«, erklärte ich. »Die bringt uns bei, wie man sich die Zähne richtig putzt.«

Bengt lachte. »So eine hätten wir auch haben sollen!« Er drehte sich um und schaute ihr nach.
Ja, das wär nicht schlecht gewesen, dachte ich.

Nach und nach versammelte sich meine Klasse vor dem Eingang zum Klassenzimmer.
»Wir warten lieber hier«, sagte ich und blieb bei den Schaukeln stehen. »Die sind immer so neugierig.«
»Aha.« Bengt blieb ebenfalls stehen.
Ich setzte mich auf eine Schaukel.
»Also haben sie dich doch nicht ins Gefängnis gesteckt?«, wagte ich zu fragen.
»Nein, haben sie nicht«, sagte Bengt. »Aber ich hatte wenigstens eine Nacht lang ein Dach überm Kopf. War schön warm und gemütlich.«
»Gut«, sagte ich.
Inzwischen stand die ganze Klasse da und starrte zu uns herüber.
Sara hatte ein paar Schritte in unsere Richtung gemacht, dann war sie zögernd stehen geblieben. Doch schließlich flitzte sie zu uns her und flüsterte mir ins Ohr:
»Wer ist denn das?«
»Der Gesundheitsinspektor«, antwortete ich. »Er kontrolliert, ob alle ihre Zähne ordentlich geputzt haben.«
Sara starrte Bengt mit offenem Mund an.
»Quatsch«, sagte sie dann und wollte wieder zu den anderen zurückgehen.
»Warte!«, rief ich hinter ihr her. »Komm zurück!«

Sie blieb stehen und kam dann langsam wieder zu mir her.
»Das hab ich bloß erfunden«, sagte ich. »In Wirklichkeit ist er ...«
Ich beugte mich vor und flüsterte ihr ins Ohr.
»... der Polizeichef. Alle, die keinen Fahrradhelm tragen, steckt er schnurstracks ins Kittchen.«
»Blöde Kuh!«, fauchte Sara.
Da läutete die Schulglocke.

»So, jetzt ist es so weit«, sagte ich.
Die anderen waren alle schon hineingegangen.
»Hat deine Lehrerin auch ganz bestimmt gesagt, dass ...«, begann Bengt.
Er war nervös.
Der große starke bärtige Kerl war doch tatsächlich nervös.
»Ja, ganz bestimmt«, sagte ich. »Komm jetzt!«
Seufzend kam er mit.
Frau Lindmann erwartete uns an der Tür.
»Sie sind also der Mann, den es nicht gibt«, sagte sie mit einem freundlichen Lächeln. »Herzlich willkommen bei uns in der Schule.«
Sie gab ihm die Hand und Bengt machte eine höfliche Verbeugung.
»Na ja, eigentlich habe ich schon das Gefühl, dass es mich gibt«, murmelte er.
»Es sieht ja auch ganz danach aus«, sagte Frau Lindmann

lachend. »An und für sich hatten wir ausgemacht, dass Sie heute Nachmittag zur Bunten Stunde kommen sollten, aber jetzt geht es genauso gut. Wie gesagt, herzlich willkommen. Bitte, kommen Sie doch herein.«
Zufrieden nickte ich vor mich hin, als ich Bengt ins Klassenzimmer folgte.
Heute war ich pünktlich. Gut.
Das war immer wieder spannend, jeden Tag aufs Neue!

»Guten Morgen. Bitte, setzt euch«, sagte Frau Lindmann, als wir im Klassenzimmer waren.
Als alle saßen, fuhr sie fort:
»Hanna, möchtest du unseren Gast vielleicht vorstellen?«
Es wurde mucksmäuschenstill. So still war es bisher noch nie in unserem Klassenzimmer gewesen. Und alle starrten Bengt an. Bengt und mich.
»Hm«, sagte ich schließlich. »Das hier ist Bengt. Und der wird uns jetzt von ... von seinen Abenteuern auf hoher See erzählen.«
»Ach so«, sagte Bengt. »Aha. Also, Kinder ...«
Er sah sich um und setzte sich auf das Lehrerpult. »Also, Kinder, wenn ich euch alle meine Abenteuer auf den sieben Meeren erzählen wollte, würden wir am Sonntagabend noch hier sitzen. Und das wollt ihr sicher nicht, oder?«
Niemand antwortete.
Alle sperrten bloß Mund und Augen auf.

»Nein, das wollen wir nicht«, sagte ich. »Am Sonntag hab ich nämlich Geburtstag.«

»Na so was!«, sagte Bengt. »Nun, ich werde euch wenigstens ein paar von den Abenteuern erzählen, die ich erlebt habe. Nur ein paar von den allerschlimmsten. Wollt ihr das?«

»Jaaaaa«, antwortete die ganze Klasse.

»Ich bin auf Schiffen gesegelt«, begann Bengt, »die waren mindestens so groß wie diese Schule, das dürft ihr mir glauben.«

»Ooooooh!«, machte die ganze Klasse.

Und dann legte Bengt los. Er erzählte und erzählte. Als er gerade mit einem Segelschiff unterwegs war, das wilde Tiere nach Hamburg zum Tierpark Hagenbeck transportierte und in einen fürchterlichen Sturm geraten war, bei dem alle Tiere freikamen und die Besatzung übermannten, läutete die Schulglocke. Ausgerechnet, als der Gorilla den Kapitän über Bord werfen wollte.

»Neeeeein«, rief die ganze Klasse. »Bitte weitererzählen! Wir brauchen keine Pause. Brauchen wir doch nicht, Frau Lindmann, oder?«

»Das muss unser Gast entscheiden«, sagte Frau Lindmann und drehte sich zu Bengt um. »Wollen Sie weitererzählen? Oder wollen Sie eine Pause machen? Oder wollen Sie lieber ein andermal wieder kommen und dann weitererzählen?«

»Hmmm, weiß nicht so recht«, sagte Bengt und stand auf. »Äh ... ich muss eigentlich noch was erledigen ...

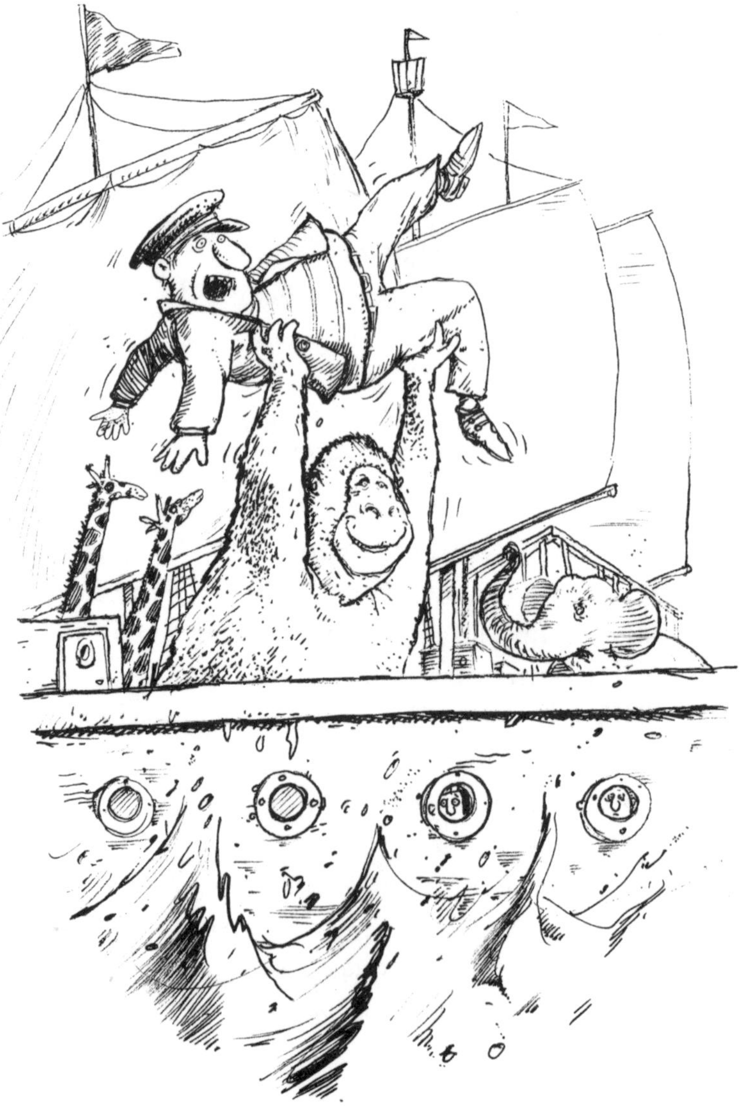

Ein paar wichtige Termine, die ich nicht verpassen darf ...«
Aha, dachte ich.
»Also ist es vielleicht besser, wenn ich an einem anderen Tag wieder komme. Wenn Sie nichts dagegen haben ...«
»Was meint ihr, Kinder?«, fragte Frau Lindmann. »Wollt ihr, dass Bengt an einem anderen Tag wieder kommt und weitererzählt?«
»Njaaaeeeein«, rief die ganze Klasse.
»Ihr wollt heute mehr hören?«
»Jaaaa!«
»Ich komme an einem anderen Tag zurück«, versprach Bengt. »Muss jetzt ein paar Geschäfte erledigen ...«
Er ging zur Tür.
»Na, dann vielen Dank für Ihren Besuch«, sagte Frau Lindmann. »Und Sie müssen unbedingt wieder kommen. Wir sind sehr gespannt darauf, wie es dem armen Kapitän ergangen ist.«
»Und dem armen Gorilla«, rief ich.
»Auf Wiedersehen«, sagte Bengt.
»Auf Wiedersehen!«, rief die ganze Klasse.
Als wir auf den Pausenhof hinauskamen, war Bengt bereits verschwunden.
Sara kam zu mir.
»Von wegen Polizist«, sagte sie verächtlich. »So ein alter Penner!«
»Haben dir seine Geschichten denn nicht gefallen?«, fragte ein anderes Mädchen aus unserer Klasse.

»Ha, die hab ich doch alle schon mal gehört«, sagte Sara. »In einem Lied. Dass ihr's nur wisst.«
»Dann hat dieses Lied eben von Bengt gehandelt.«
Jetzt hatte ich es ihr aber gegeben!
Sara war ja nur neidisch, weil sie keinen Seemann kannte, der auf allen sieben Meeren gesegelt war.
»Und habt ihr seine Zähne gesehen?«, fragte Sara kichernd.
»Wenigstens hat er keinen so hässlichen Zinken vorne wie du«, sagte ich. »Du siehst ja aus, als hätte man dir eine Rübe mitten ins Gesicht gesteckt!«
Da hielt sie den Mund, diese kleine Neidgurke.
Als endlich Zeit für die Bunte Stunde war, wurde daraus eine ganz normale Sachkundestunde. Frau Lindmann war nämlich der Ansicht, dass wir unsere Bunte Stunde heute schon am Morgen gehabt hätten.
Inzwischen war es auf meiner Uhr zehn nach drei.
Und als Mama mich vom Freizeitheim abholte, war es halb acht.
»Hast du alle Einladungskarten verteilt?«, fragte Mama.
Hab ich doch schon vor vielen Tagen gemacht, dachte ich und nickte.
»Wollen alle kommen?«, fragte Mama.
»Ich glaube schon«, sagte ich. »Aber ich bereue es, dass ich Sara eingeladen habe.«
»Warum denn?«, fragte Mama. »Ich hab immer geglaubt, Sara ist deine beste Freundin.«
»Das ist sie auch«, sagte ich. »Aber sie ist so bescheuert.«

»Aha«, sagte Mama. »Und wie war's in der Bunten Stunde? Habt ihr was Schönes gemacht?«
»Nein«, sagte ich. »Wir hatten nur ganz normale Sachkunde. Die Bronzezeit.«
»Ach so?«, sagte Mama.
Von Bengt und seinen Abenteuern auf den sieben Meeren erzählte ich nichts.

»Willst du denn jetzt schon ins Bett gehen?«, fragte Mama, als ich im Nachthemd zum Gutenachtsagen in die Küche kam.
Schon? Es war zehn Uhr.
Da müssten kleine Mädchen doch eigentlich längst schlafen. Sogar an einem Freitagabend. Sollten verantwortungsbewusste Eltern nicht dafür sorgen, dass ihre kleinen Töchter rechtzeitig ins Bett kommen?
Aber Mama glaubte natürlich, es wäre erst sieben, weil die Küchenuhr an der Wand hinter ihr auf sieben zeigte und von Papa mit neuen Batterien und allem Drum und Dran versehen worden war.
Für Mama gab es nur eine einzige Zeit.
Sie ahnte ja nicht, dass ich meine eigene hatte.
»In letzter Zeit gehst du wirklich ungewöhnlich früh ins Bett«, fuhr Mama fort. »Aber wahrscheinlich willst du dich gut ausruhen um morgen für deine Einladung fit zu sein…«
Früh oder spät, dachte ich. Auf jeden Fall immer zu ungewöhnlichen Zeiten.

Ich sagte:
»Es ist eine Party. Keine Einladung. Das hab ich dir doch schon tausendmal erklärt. Gute Nacht.«
»Einen Schmatz für meinen Schatz«, sagte Mama.
»Einen Kuss und dann ist Schluss«, sagte ich.
Als Dank für meinen Reim gab Mama mir einen Extrakuss.

Ja, morgen würde ich eine Party geben.
Eine Vor-Geburtstags-Party.
Ich hatte sechs Mädchen aus der Klasse eingeladen und zwei Jungen.
Martin und Andreas, die Einzigen in der Klasse, die sich in der Gegenwart von Mädchen zu benehmen wussten.
Die beiden wurden zu allen Mädchenfesten eingeladen.
Zu allen Partys, meine ich.
»Machst du eine Disko?«, hatte Madeleine gefragt, als sie meine Einladung gelesen hatte.
»Klar mach ich eine Disko«, antwortete ich.
»Kommen Martin und Andreas?«, fragte Jenny S.
»Klar kommen Martin und Andreas«, antwortete ich.
»Aber hoffentlich keine anderen Jungs?«, fragte Sara.
»Klar kommen keine anderen Jungs«, antwortete ich.
»Gucken wir Video?«, fragte Jenny M. »Oder machen wir Computerspiele?«
»Klar, dass wir nicht Video gucken«, sagte ich. »Klar, dass wir keine Computerspiele machen.«
»Gut«, sagte Jenny M.

# SAMSTAG

Samstags darf ich so lange schlafen, wie ich will.
Und das tat ich auch. Ich schlief bis um zehn.
Dennoch schliefen Mama und Papa noch tief und fest, als ich in ihr Schlafzimmer reinlinste.
Plötzlich hob Mama verschlafen den Kopf und sagte:
»Bist du schon auf, mein Schatz?«
07:58 leuchteten die grünen Ziffern auf dem Radiowecker neben ihr.
»Ach ja, du bist gestern ja so früh ins Bett gegangen. Daher!«, fuhr Mama fort.
Morgen gehe ich zur allgemeinen Normalzeit über, dachte ich. Und zur allgemeinen Normaluhr.
Aber im Moment hatte es keinen Sinn, mit Mama darüber zu diskutieren, was früh und was spät war.
Seufzend ging ich in die Küche und kochte Kaffee für meine Eltern, diese Schlafmützen.

Nach dem Frühstück ging ich in den Park.
Wollte mich ein bisschen mit Bengt unterhalten.
Wollte hören, wie es ihm in der Schule gefallen hatte.
Und was er von Frau Lindmann hielt.
Wollte mich erkundigen, ob er daran interessiert war, Frau Lindmann zu heiraten. Sie hat nämlich seltsamerweise keinen Mann. Und Bengt hat ja keine Frau.
Wollte ihn fragen, ob er sich vorstellen könnte, sich für

diesen Fall ein Gebiss zuzulegen.
Ja, das alles ging mir durch den Kopf. Aber ich konnte es nicht mit ihm besprechen.
Er war nämlich nicht da.
Die Bank war leer.
Die Kartons waren verschwunden.
Nur die kleine abgerissene Ecke eines Kartons lag noch auf der Bank. Als ich näher kam, sah ich, dass auf dem Kartoneckchen etwas geschrieben stand:

## HALLO HANNA

*Ich bin in eine wermere Gegent
gezohgen.
Hoffendlich bis balld!*

*Bengt*


Aha.
Eine wärmere Gegend?
Wo mochte das nur sein?
Enttäuscht überquerte ich den Spielplatz. Ich kickte ein paar Kieselsteine hoch und dachte: Es gibt niemand mehr, auf den man sich verlassen kann.
Doch dann dachte ich: Ach was, bestimmt taucht er wieder auf. Und er hat ja auch versprochen wieder in die Schule zu kommen und von dem Gorilla und dem Kapi-

tän zu erzählen. Hoffentlich hat der Gorilla den Kapitän ins Meer geworfen, dachte ich. Und hoffentlich ist der Kapitän gestorben.
Und abschließend sagte ich mir: Ich werde trotz allem versuchen Bengt und Frau Lindmann zusammenzubringen. Bengt braucht dringend jemand, der ihm Rechtschreiben beibringt.

»Warum kommen sie denn nicht?«
Ich war schon ein paar Mal in meinem Zimmer gewesen und hatte auf die Uhr geguckt.
Inzwischen war es zwanzig nach drei.
Warum kamen sie denn nicht?

»Hast du denn nicht geschrieben, dass deine Einladung um drei anfängt?«, fragte Mama.
»Die Party!«, verbesserte ich.
»Hast du nicht geschrieben, dass die Party um drei Uhr anfängt?«, wiederholte sie.
»Doch.«
»Aber dann ist ja noch viel Zeit«, erklärte Mama. »Es ist erst fünf vor halb drei.«
Auf deiner Uhr, dachte ich. Auf meiner Uhr ist es bald halb vier.
Und bei meiner Party muss es doch auch meine Uhr sein, die gilt!

Erst um zehn vor vier läutete es an der Tür.
»Herzlichen Glückwunsch«, sagte Sara und gab mir ein Paket in geblümtem Geschenkpapier.
»Warum kommst du so spät?«, fragte ich und nahm das Paket.
Aber bevor Sara antworten konnte, tauchte schon Madeleine hinter ihr auf.
»Habt ihr eine Fernbedienung für den CD-Player?«, fragte Madeleine. »Dann kann ich nämlich die Disko übernehmen. Und dabei tanzen. Kein Problem. Übrigens, herzlichen Glückwunsch!«
»Was denn für ein CD-Player? Und was für eine Fernbedienung?«, fragte ich und nahm ihr Paket entgegen.
Allerdings war es kein Paket, sondern ein Umschlag, in dem ein Geldschein steckte.

Dann kamen auch die anderen und die Party konnte losgehen.
Es fing damit an, dass Mama die Küche in ein McDonald's verwandelt hatte, das Mama-Donald's hieß. Alle mussten Schlange stehen, und wenn man bei Mama angelangt war, musste man »Einen Big Mama, bitte!« sagen und dann bekam man einen Hamburger.
Eine echt fetzige Idee.
Anschließend gab es Torte und Saft.
Und dann Chips und Popcorn.
Als wir schließlich so satt waren, dass wir fast platzten, gingen wir in mein Zimmer und setzten uns hin und begannen uns gegenseitig anzustarren, bis wir alle gleichzeitig losprusten mussten. Und dann kam die Disko dran.
Ich hatte Papas Super-Kassettenrekorder ausgeliehen und den drehte ich jetzt auf volle Lautstärke. Aber Madeleine stellte ihn sofort wieder ab.
»Zu dieser Musik kann ja kein Mensch tanzen«, sagte sie und spulte die Kassette ein Stück vor. Dann drückte sie auf »play«.
»Das hier ist ja genauso unmöglich«, stellte sie fest und spulte weiter.
»Aber das hier! Das ist meine Lieblingsmusik«, sagte sie schließlich zufrieden und setzte sich auf mein Bett.
Und dann hockten wir in meinem Zimmer und guckten uns an, während der Kassettenrekorder dröhnte.
Disko ist toll. Das kribbelt immer so spannend im Bauch.

So saßen wir da, bis Papa die Tür aufriss und zum Kassettenrekorder hinrannte.
»Hilfe!«, rief er und drehte die Lautstärke herunter.
»Muss das so laut sein? Ich will mir gerade die Sportschau angucken und kann nicht mal die Namen der einzelnen Fußballmannschaften verstehen!«
»Aber Papa«, sagte ich und schaute ihn mit tränenvollem Blick an, »heute ist doch meine Geburtstagsparty. Und das hier ist meine Disko. Ich hab doch bloß einmal im Jahr Geburtstag!«
»Tatsächlich?«, sagte Papa und sah mich erstaunt an.
»Das hier ist deine Disko? Und du hast Geburtstag?«
Er sah sich um. Wahrscheinlich entdeckte er erst jetzt, dass ich nicht allein im Zimmer war.
»Ähm, aha, o ja, natürlich, entschuldige, ist ja klar, äh ...«
Und damit drehte er die Musik wieder auf volle Lautstärke.
»Liverpool spielt gegen Westham!«, schrie Andreas durch den Krach.
»Was?«, schrie Papa.
»Liverpool spielt gegen Westham. Liverpool trägt rot!«, schrie Andreas.
»Danke!«, schrie Papa und schloss die Tür hinter sich.
Danach schlugen wir sämtliche Rekorde im Kichern.

Es war also in jeder Beziehung eine gelungene Party.
Die Party war so gelungen, dass alle eine Stunde länger blieben.

»Könntest du mir deinen Vater nicht mal ausleihen, wenn ich eine Party hab?«, fragte Andreas, als die Party zu Ende war und alle sich im Flur drängelten.
»Hihihihi …«
»Willst du ihn als Diskjockey einsetzen?«, fragte Martin.
»Hihihihi …«
Die Jungs waren echt komisch.
Wirklich, sehr komisch!

Und es wurde Abend, der Abend vor meinem Geburtstag. Ich lag im Bett und Mama saß auf der Bettkante.
»War es eine schöne Einla… äh, Party?«, fragte sie.
»Ja, es war eine schöne Einlaparty«, sagte ich.
»Und was haben dir deine Freunde geschenkt?«
»Geld«, sagte ich. »Vor allem Geld. Das macht man jetzt so.«
»Aha«, sagte Mama.
»Von Sara hab ich Briefpapier gekriegt«, sagte ich.
»Na, das ist doch schön«, sagte Mama. »Und wirst du jetzt schlafen können?«
»Klar kann ich schlafen«, sagte ich. »Ist doch schließlich nicht mein erster Geburtstag, oder?«

# SONNTAG

Es wurde Sonntag, es wurde Morgen, es wurde mein Geburtstagsmorgen.
Um sieben Uhr kamen sie.
»Viel Glück und viel Segen …«
Es gab Kakao mit Schlagsahne ans Bett. Und ins Bett.
Und Geschenke. Ein Pulli, ganz hübsch. Eine Strumpfhose, schön weich. Eine Leselampe, genau wie ich sie mir gewünscht hatte. Ein Buch, sah ziemlich fad aus. Und eine Riesenpackung mit fünfzig Filzstiften in fünfzig verschiedenen Farben. Ich habe gar nicht gewusst, dass es so viele verschiedene Farben gibt.
»Vielen Dank«, sagte ich.
Mama wurde ganz still und guckte mich mit feuchten Augen an.

»Wenn man bedenkt«, sagte sie schließlich, »vor neun Jahren warst du nicht größer als so.«
Sie hielt die Hände ein kleines Stück auseinander.
»So klein bin ich doch nie im Leben gewesen«, erwiderte ich.
»Doch«, seufzte Mama. »So klein bist du gewesen. Und außerdem warst du total glatzköpfig.«
»Ein Glück, dass die Kinder in meiner Klasse mich da nicht gesehen haben«, sagte ich.
»Aber du warst das niedlichste Baby auf der ganzen Welt«, fuhr Mama fort und sah Papa an. »Nicht wahr?«
»Hä? Was? Doch ... doch natürlich. Ganz klar«, sagte er.

»Und jetzt bist du so ein großes, tüchtiges Mädchen geworden«, sagte Mama und seufzte noch einmal.
Werd jetzt bloß nicht rührselig, liebe Mama, dachte ich und trank meinen Kakao aus.
»Ja, sie ist so groß geworden, dass sie sogar einen Schnurrbart bekommen hat«, sagte Papa und lachte.
Ich sah ihn erstaunt an.
Er hatte einen Witz gemacht. Höchst ungewöhnlich.
»Einen Kakaoschnurrbart, meine ich«, erklärte Papa.
Ja, ja, das war mir schon klar.

Um zwanzig nach zwölf läutete es an der Wohnungstür.
»Das wird Oma sein«, rief Mama. »Schnell, mach auf, Hanna!«
Jetzt kommt die Uhr, dachte ich und riss die Wohnungstür auf.
»Was ist das: Es geht und geht und kommt nie an ein Ziel?«, fragte Oma und drückte mir ein kleines Paket in die Hand. »Herzlichen Glückwunsch, liebe kleine Hanna.«
»Ein Schaukelstuhl«, sagte ich. »Vielen Dank. Vielen Ticke-tacke-Dank.«
Natürlich war es eine Uhr.
Aber ...
»Gefällt sie dir nicht?«, fragte Oma.
»Doch«, sagte ich.
»Alle haben jetzt diese Digitaluhren«, erklärte Oma. »Und die sind auch viel praktischer. Der Unterschied zwi-

schen achtzehn und sechs wird viel deutlicher erkennbar.«
»Der Unterschied zwischen achtzehn und sechs ist zwölf«, sagte ich.
»Ich meine den Unterschied zwischen achtzehn Uhr und sechs Uhr«, sagte Oma. »Sechs Uhr abends und sechs Uhr morgens.«
Schon klar, Oma, hab verstanden.

Nachdem ich mich lange mit Oma unterhalten und ihr viermal versichert hatte, dass mir meine neue Uhr gefiel, ging ich in mein Zimmer.
Unterm Kopfkissen lag die alte Uhr und tickte, als wäre nichts passiert.
Also, dann tschüs, dachte ich und holte sie hervor. Jetzt brauche ich dich nicht mehr.
Irgendwie war mir dabei traurig zumute. Ich hatte mich so an sie gewöhnt. Und sie war immer gegangen, nie stehen geblieben.
Sie war gegangen und gegangen, war aber nie an ein Ziel gekommen. Nein, ihre eigenen Wege war sie gegangen. Und das hatte ich auch tun müssen. Aber jetzt war damit Schluss, jetzt glänzte nämlich eine schöne neue Uhr an meinem linken Handgelenk.
»Hanna!«
»Ja?«
»Räum doch bitte die vielen Geschenkpapiere weg, die in deinem Zimmer herumfliegen. Und bring sie schnell in

den Keller, zum Papiersack. Möglichst noch bevor die anderen Gäste kommen.«
»Von mir aus«, sagte ich.
Ich steckte die alte Uhr in die Tasche und begann das Papier einzusammeln.
Allerdings sah ich es nicht ein, dass man an seinem eigenen Geburtstag arbeiten musste.

»Psst!«
Als ich aus dem Keller kam, stand er wieder vor mir im Treppenhaus. Der Schwarzgekleidete. Der Zauberer mit den Goldzähnen und dem goldenen Grinsen.
Genau wie vor einer Woche stand er da.
»Herzlichen Glückwunsch zum Geburtstag«, sagte er mit feierlicher Stimme.
»Ach so. Danke«, sagte ich.
»Hab dir ein kleines Geschenk mitgebracht.« Er fuhr mit der Hand unter seinen Umhang. »Aber ...«
»Was denn?«, fragte ich ungeduldig, als er verstummte.
»Aber es ist nicht von mir«, sagte er und reichte mir eine kleine Flasche.
»Danke«, sagte ich und nahm sie in die Hand. »Oh, wie hübsch!«
Ja, es war eine kleine Flasche und in der Flasche befand sich ein winziges Schiff mit drei Masten, einer Menge Seile, die von den Masten hingen, winzig kleinen Segeln, einem winzig kleinen Anker und einem Minikapitän, der sogar an einem Ministeuerrrad stand und steuerte. Und

das Meer darunter war blau mit weißem Schaum.
»Oh, ist das schön!«, sagte ich mit wild klopfendem Herzen. »Ist das von ... von Bengt?«
»Bengt, ja«, sagte der Zauberer, »ja, ich glaube, das war

sein Name. Bengt wird's wohl gewesen sein, ja. Auf jeden Fall ein stark riechender Kerl mit schlechten Zähnen. Stimmt das?«

Ich nickte.

»Und das hier soll ich dir auch noch geben«, sagte er und reichte mir einen roten Apfel.

»Danke«, sagte ich.

»Und dieser Bengt hat mir auch einen eigenartigen Gruß an dich aufgetragen«, sagte der Zauberer.

»Was denn? Was für einen?«

»Der Gorilla hat es geschafft. Aber der Kapitän ist untergegangen.«

»Gut«, sagte ich.

»Dann war da noch etwas«, sagte der Zauberer.
»Ja?« Noch mehr Geschenke?, dachte ich habgierig.
Aber nein, ganz im Gegenteil.
»Du hast heute ja eine neue Uhr bekommen.« Er deutete auf meinen linken Arm hinunter.
»Ja«, sagte ich. »Von Oma.«
»Deshalb möchte ich dich bitten mir meine Uhr wiederzugeben. Die Uhr, die ich dir geliehen habe. Denn die wirst du jetzt wohl nicht mehr brauchen.«
»Nein ...« Langsam zog ich die alte Uhr aus der Tasche.
»Nein, natürlich nicht, aber ...«
»Na also!« Er schnappte sich die Uhr aus meiner Hand.
»Bestimmt gibt es irgendwo ein anderes Kind, das die Uhr jetzt gut brauchen kann.«
»Kann sein«, seufzte ich.
Trotz allem wollte ich mich nicht von ihr trennen.

»Aber sie ist doch einwandfrei gegangen, oder?«, sagte der Zauberer und hielt die Uhr vor mir hoch, damit ich das Zifferblatt sehen konnte. Auf der Uhr war es Punkt dreizehn Uhr.
Dann sah ich auf meine neue Digitaluhr.
13:00.
»Sie geht ja richtig!«, rief ich erstaunt aus.
»Selbstverständlich geht sie richtig.« Der Zauberer lachte.
»Wieso selbstverständlich?«, fragte ich. »Die ganze Woche ist sie keine einzige Minute lang richtig gegangen. Sie ist immer nur so gegangen, wie es ihr gepasst hat. Um die Zeit hat sie sich kein bisschen geschert.«
»O doch«, wandte der Zauberer ein. »Das hat sie wohl. Und das, worauf es wirklich ankommt, ist …«
Jetzt wurde er zum ersten Mal ernst. Richtig ernst.
»… das, worauf es ankommt, ist, dass die Zeit vergeht. Immerzu. Ich habe einmal einen Mann gekannt, der hat versucht die Zeit anzuhalten …«
»Und wie ist das ausgegangen?«
»Schlecht. Sehr schlecht«, sagte der Zauberer und schüttelte bekümmert den Kopf.
Doch gleich darauf funkelte er mich wieder mit seinem goldenen Lächeln an.
»Aber diese Uhr bleibt niemals stehen. Unter keinen Umständen. Natürlich geht sie ihre eigenen Wege, das stimmt. Aber wie gesagt, manchmal muss das sein. Und Spaß macht es doch auch, oder?«
Ich antwortete nicht, dachte aber: Eigentlich hat er Recht.

Eigentlich war es gut, dass ich diese Woche seiner Uhr gefolgt bin.
Obwohl ich ein paar Schulstunden und sämtliche Kindersendungen im Fernsehen versäumt habe.
Aber dafür habe ich Bengt kennen gelernt. Das hätte ich sonst nicht getan, dachte ich und warf einen Blick auf das hübsche kleine Flaschenschiff. Und die Kindersendungen werden sowieso wiederholt.
Also hatte der Zauberer eigentlich Recht.
Aber das konnte ich ihm nicht sagen, er war auch so schon eingebildet genug.
»Vielen Dank, dass ich sie ausleihen durfte«, sagte ich nur. »Ticke-tacke-Danke!«
»Schon gut«, sagte er.
Dann kehrte ich wieder zu meinem Geburtstag zurück.
Den Apfel hatte ich in die Tasche gesteckt und das Flaschenschiff hielt ich unter meinem neuen Pulli fest an meine Brust gepresst.

Als ich die Treppe hinunterschaute, war der schwarz gekleidete Mann mit den Goldzähnen schon verschwunden. Einfach weg.

Meine Geburtstagsuhr zeigte 13:01, als ich die Tür öffnete und wieder daheim in der Wohnung war.
Und auch wieder daheim in der normalen Zeit.

k seines Vaters zu arbeiten, wurde deshalb dem Hause gewiesen. Trifft sich heimlich der Mutter und wird von ihr finanziell unterstützt.

*Meyer*: 37 Jahre alt, Bankangestellter, zuässig und sehr fleißig, wurde jedoch von Bauer beschuldigt, Geld aus der Kasse ommen zu haben; wurde daraufhin fristlos assen; ist aber unschuldig. Bei seiner Entung schwört er – für alle Angestellten in Bank hörbar – sich an seinem Chef zu hen.

## Eine kleine Erklärung:

|  | Wenn die Dreizehn-Uhr diese Uhrzeit zeigt, … | zeigt eine normale Uhr diese Uhrzeit: |
|---|---|---|
| Sonntag | zehn vor sechs … | 17:50 |
|  | neun … | 21:00 |
| Montag | sechs … | 7:00 |
|  | fünf nach acht … | 9:05 |
|  | halb drei … | 16:30 |

|  |  |  |
|---|---|---|
|  | Viertel nach sechs | 20:15 |
|  | acht | 22:00 |
| Dienstag | vier | 7:00 |
|  | Viertel nach acht | 11:15 |
|  | halb eins | 16:30 |
|  | Viertel nach sechs | 22:15 |
|  | acht | 00:00 |
| Mittwoch | zwei | 7:00 |
|  | sechs | 11:00 |
|  | Viertel nach acht | 13:15 |
|  | halb zwölf | 16:30 |
|  | vier | 22:00 |
|  | sechs | 00:00 |
| Donnerstag | halb eins | 7:30 |
|  | Viertel nach eins | 8:15 |
|  | halb zehn | 16:30 |
|  | zehn | 17:00 |
| Freitag | elf | 7:00 |
|  | Viertel nach zwölf | 8:15 |
|  | zehn nach drei | 12:10 |
|  | halb acht | 16:30 |
|  | zehn | 19:00 |
| Samstag | zehn | 8:00 |
|  | zwanzig nach drei | 14:20 |
|  | vier | 15:00 |
| Sonntag | sieben | 7:00 |
|  | zwanzig nach zwölf | 12:20 |
|  | dreizehn | 13:00 |

Bestimmt hast du das alles schon ganz genau verstanden.
Nämlich: Die Stunden der Dreizehn-Uhr vergehen genauso schnell wie normale Stunden. Der einzige Unterschied ist der, dass die Dreizehn-Uhr eine Stunde extra hat.
Mit jedem Tag geht die Dreizehn-Uhr daher eine Stunde nach. Und mit jeder Nacht bleibt sie um eine weitere Stunde zurück.
Am Sonntagnachmittag, als Hanna die Dreizehn-Uhr bekam, ging die Uhr richtig. Und als Hanna sie eine Woche später am Sonntag um ein Uhr zurückgab, ging sie auch richtig.
Aber in der Zwischenzeit ging sie falsch.
Alles klar?
(Die Minuten der Dreizehn-Uhr müssen also etwas schneller als normale Minuten gehen, weil dort die Stunde fünfundsechzig Minuten hat. Nicht wahr?)
Ehrlich gesagt weiss ich jetzt selbst nicht mehr, ob ich das alles auch richtig verstehe ...

Der Autor

Christian Bieniek

# Ein Stürmer zu viel

Schon wieder haushoch verloren! So langsam glauben Dominik und seine Fußballerfreunde selber, dass sie eine Gurkentruppe sind. Und außerdem muss sich Dominik auch noch damit herumärgern, dass sein Rivale Sascha vom Trainer als Stürmer bevorzugt wird. Manchmal könnte man vor Wut glatt ins eigene Trikot beißen!

Aber plötzlich ist statt Frust Spannung angesagt: Werden es die Jungs vom SC Bernheim schaffen, einen (viel besseren) neuen Trainer zu gewinnen? Und nebenbei lernt Dominik noch Sarah kennen und entdeckt erstaunt, dass manche Mädchen unglaublich gut Fußball spielen (und dass Sarah außerdem ziemlich nett ist)...

Ein flott und frech geschriebener Kinderroman über Fußball und Freundschaft, mit witzigen Illustrationen von Markus Grolik.

**Ab 8 Jahren, 120 Seiten**

*aare*

Wolfram Hänel

# Mein Schwein, die drei Räuber, Jochen und ich

Hätte Elvira, das Schwein, nicht den Garten des Schulhausmeisters umgegraben, dann wäre es nie so weit gekommen. Doch jetzt soll sie zur Strafe geschlachtet werden. Und das können Anne und Jochen nicht zulassen, keinesfalls! Also erklären sie Elvira flugs zum wertvollen Trüffelschwein und lassen sie im tiefen, dunklen Wald die teuren Pilze suchen.

Was das Schwein aber stattdessen findet, sind drei Räuber. Und was für welche! Mit Säbeln, Pistolen und schaurig-schönen Flüchen folgen sie unerbittlich ihrem Wochenplan: Dienstag Kutsche überfallen, Mittwoch Bank ausrauben, Donnerstag Gold polieren, Freitag… Und so geraten die beiden Kinder in ein aberwitziges Abenteuer, bei dem die Fantasie Purzelbäume schlägt.

Ein tolles Lesevergnügen, nicht zuletzt durch die vielen einfallsreichen Illustrationen von Ralf Butschkow!

**Ab 8 Jahren, 80 Seiten**

*aa*r*e*

Hilde Kähler-Timm

# Keine Bange, Millie!
Abenteuer im Erlebnisland

Eigentlich wollte Millie ja bei der Gruppe von Kindern bleiben, die genau wie sie einen Tag im Erlebnisland gewonnen haben. So hat ihnen das die Betreuerin auch eingeschärft. Aber im Handumdrehen hat Millie die anderen aus den Augen verloren und marschiert plötzlich allein durchs Erlebnisland. Da wird es ihr schon ein bisschen mulmig…!

Doch Millie läuft tapfer weiter, und auf der Suche nach ihrer Gruppe gerät sie in ein sagenhaftes Abenteuer nach dem anderen: Bei Pit von der Achterbahn darf sie den Geschwindigkeitsknopf drücken, mit Häuptling Großer Büffelfresser die Friedenspfeife rauchen und auf Colt-Bills Mustang durch ganz Gold City reiten. Tja, wäre Millie nicht alleine gewesen, hätte sie das alles so nie erlebt. Und sie hätte auch nicht herausgefunden, dass sie eigentlich viel mutiger ist, als sie immer dachte.

Ein fröhliches Mutmach-Buch für sämtliche Abenteuerland-Eroberer!

**Ab 8, 108 Seiten**

*aar*e